『ドルロイの嵐』

「ぐるるる」ふたりの背後に、黒い影が出現した。（230ページ参照）

ハヤカワ文庫JA
〈JA1117〉

クラッシャージョウ別巻②

# ドルロイの嵐

高千穂　遙

早川書房
7199

カバー／口絵／插絵　安彦良和

目次

# ドルロイの嵐

# 第一章 クラッシャーダン

## 1

〈マイノス〉でミストポリスに入った。

大仰《おおぎょう》な名前の町だが、人口は七千そこそこである。建物も、高層建築と呼べるようなビルはひとつもない。町の規模からすれば、ポリスというよりも、せいぜいシティといったランクであろう。しかし、小粒でもドルロイの首都ともなると、それにふさわしい堂々とした名前が必要とされる。その結果が、ミストポリスだ。

町の中央広場にあるヘリポートには人影がなかった。

宇宙港に〈アトラス〉が着陸したのは、一時間ほど前だった。入国審査を終えると同時にノボ・カネークの事務所に連絡を入れたのだが、ヘリポートに出迎えはなかった。

陽《ひ》はとうに落ちている。といって、深夜というほど遅い時刻でもない。

「結構なあしらいようじゃねえか」

タロスが言った。凄みのある低い声だ。しかし、口調は淡々としている。まるで他人《ひと》事《ごと》のように聞こえる。

「通信にでたねえちゃんは、やけに愛想がよかったぜ」

タロスの右横に並んでいるバードが、その独《ひと》り言《ごと》に応じた。タロスは視線を下に向け、ちらりとバードを見た。バードは小柄な男ではない。しかし、二メートルを超す長身のタロスと並ぶと、大人と子供ほどの身長差が生じる。年齢も二十七と、タロスより五つほど若い。

「たしか、おまえさんは、先の改造のときにはおらんかったんだな」

バードの背後からガンビーノが言った。

チーム最年長の航法士《ナヴィゲータ》だ。三十を過ぎてからクラッシャーになったので、チームリーダーのダンよりも年をくっている。それも五歳や六歳ではない。十二も上の五十四歳である。顔には深いしわが刻まれ、髪にも眉にも髭《ひげ》にも、白いものが混じりはじめている。

「ドルロイははじめてでさあ」

バードは振り返って、ガンビーノに答えた。ちょうど十年前にダンのチームに加わったバードは、クラッシャーとしての経験がまだ浅い。〈アトラス〉では機関士《エンジニア》をつとめているが、これは新入りのためのポジションである。

「先代は、凄い男じゃったよ」

むかしを思いだすように、ガンビーノは目を細め、しみじみと言った。先代とは、二年前に不慮《ふりょ》の死を遂《と》げたノボ・カネークの父親のことである。

「わしらは、あの人のためにドルロイを改造したようなもんだ。あの人が頭を下げなんだら、いくらクラッシャーでも、こんな星には手をつけなかったな」

「かたがついた」

ヘリポートの管理事務所から、ダンが戻ってきた。

話の途中だったが、ガンビーノは口をつぐんだ。

「ちょいと行き違いがあった。すぐに車をまわすから、テリーの店で待っててくれということだ」

ダンは三人の前に立ち、それぞれの顔を見まわしながら言った。長身で、すらりとした体軀《たいく》だ。背の高さはタロスに十五センチばかり譲るが、プロポーションのバランスがいい。肩幅が広く、それでいて胸から腰にかけては筋肉が固く締まっている。グレイのスペースジャケットも、いちばん似合っていた。

「テリーの店ってのは？」

バードが訊《き》いた。

「ヘリポートの裏手だ」ダンはあごをしゃくった。

「発着待ちの連中がたまっている酒場らしい」

「こんなとこに酒場ねえ」

タロスがぐるりとあたりを見渡した。町の中心部は行政地区で、その関係の建物ばかりが周囲には立ち並んでいる。酒場が似つかわしい場所ではない。

「行ってみればわかるさ」

バードが言った。

「そういうことだて」

ガンビーノが同調した。酒好きのガンビーノはもう大っぴらに舌舐《な》めずりをしている。

エレベータで五階くだり、受付ロビーを抜けてヘリポートビルの外にでた。

テリーの店は、すぐに見つかった。

雑居ビルの一階にある小ぢんまりとした店だった。

スイングドアを押しひらいて、中に入った。タロスが先に立った。

右手に十脚あまりのカウンターがあり、左手にはテーブル席がしつらえてある。細長い造りだ。テーブルは全部で六脚。それぞれに四脚ずつ華奢《きゃしゃ》な椅子がつく。

店は混んでいた。テーブル席は満員で、カウンターのほうも、半分ほどが埋まっていた。換気が悪いらしく、店の中は、煙草の煙で白く霞んでいる。

客が、いっせいに振り向いた。三十人はいる。一目で堅気《かたぎ》でない、と知れた。鋭い目付きに、凶悪な面構え。中には、顔の半分をサイボーグ化している者もいる。

「なんだ、これは」タロスの耳もとに口を寄せ、バードは小声で言った。

「ヤクザの巣じゃねえか」

冷ややかな視線に包まれて、四人はカウンターに進んだ。バーテンが素早く客に頼みこみ、奥のほうに四人分の席をつくった。

「薄汚ねえのがきたぜ」

テーブル席から声が聞こえた。スツールに腰をおろそうとしたときだった。

「スペースジャケットなんか着こみやがって、ぶざまもいいとこだぜ。あれで洒落《しゃれ》てると思ってるのかよ」

「空気が、くせえや」

「酒が腐るぞ」

言いたい放題である。

バードの頬がひきつった。身をひるがえそうとした。

その肩をダンが押さえた。

「酒場は酒を飲むところだ」

低い声で、ボソリと言う。

バードは頬をひきつらせたまま、動きを止めた。

カウンターに向き直り、スツールに荒々しく腰かけた。

「ウィスキーのダブル」

ざらついた声で注文した。

バーテンがグラスを置く。それを一息であおった。

「ようようよう」

テーブル席の男が、カウンターにやってきた。先ほどあからさまに皮肉を飛ばした連中のひとりだ。かなり泥酔している。足もとがおぼつかない。ゲームをやりながら、ここで何時間も飲んでいるのだろう。腰に下げたホルスターに、大型のハンドブラスターをこれみよがしにぶちこんでいる。

「見かけねえ面《つら》だが、おめえら何もんだ」

呂律《ろれつ》のまわらぬ舌で、男は言った。ついでに、バードの顔を覗《のぞ》きこもうとする。安酒の匂いが、鼻をついた。

「雇われたのか？　ジュニアに。それとも、クラーケンの仲間か？」

「…………」

バードは男を無視した。無視して、二杯目のダブルを注文した。

「待ちな」

男はバーテンを止めた。

「そいつは俺がおごってやろう。ボトルを貸しな」

バーテンは逆らわなかった。素直に男にボトルを渡した。

「ダブルなんてケチなこたあ言わねえ」男はボトルを高く掲げた。

「浴びるほど飲ませてやるぜ」

そして、バードの頭上でボトルをひっくり返した。

酒がバードの頭を濡らす。

男は声をあげて笑った。笑いながら、テーブル席の仲間を振り返った。かれらも、手を打って笑い転げていた。

ボトルが空になった。

「うまかったか？」

嘲《あざけ》るように、男は訊いた。

「上等だぜ」バードはグラスを握った。

「しかし、使ってもらえなかったグラスが寂しがっている」横目で男を睨《にら》んだ。

「てめえ、なぐさめてやんな」

そのグラスを、男の額に叩きつけた。グラスは砕け、破片が男の顔面に突き刺さった。

「ひいっ！」

悲鳴をあげ、男は顔を覆った。

鮮血がほとばしり、赤い霧となって宙を舞った。

## 2

「野郎!」

男の仲間がいっせいに椅子を蹴倒した。

十人は、いる。

バードに飛びかかろうとした。

だが。

そのときには、ダンもタロスも立ちあがり、身構えていた。

ダンの右ストレートが、飛びかかってきた男のあごにヒットした。男はふっ飛び、テーブルの上に頭から落ちた。テーブルはつぶれてこなごなになった。

タロスは突いてきた男の手首を無造作につかみ、絞りあげていた。

そのまま引き抜くように持ちあげ、壁に叩きつけた。

いやな音がした。袋に陶器を詰めて、それを圧《お》しつぶしたような音だった。

男は床にずるずるとくずおれた。壁に丸い血のしみが残った。血には脳漿《のうしょう》も混じっている。

バードが跳んだ。

右手に、五人ほどかたまっていた。バードに殴《なぐ》りかかろうとして、タロスとダンの反撃にあい、一瞬、足を止めた連中だった。

その真ん中に、バードは突っこんだ。両手を広げ、それを相手の首にひっかけた。五人まとめてひきずり倒した。

素早く体勢を立て直し、もがいているところに蹴りを入れる。

ダンは三人を相手にしていた。

この酒場にいた客は、ほとんどが最初にからんできた男の仲間だった。奥の十人が、とくに親しかったらしいが、あとの二十人も、知らぬ仲ではない。

となれば、はじめは傍観していても、劣勢になると手を貸そうとする。しかし、店が狭いので、いちどきにはかかれない。近くにいた五、六人が、ダンとタロスを包囲した。

ガンビーノはというと、素知らぬ顔で酒を飲みつづけていて、喧嘩《けんか》には加わっていない。

ダンの手足が一閃《いっせん》した。

クラッシャーは、宇宙のなんでも屋である。主な仕事は惑星の改造や浮遊宇宙塵塊の破壊だが、ときには要人の護衛や未開地の探査、あるいは危険物の輸送といった剣呑《けんのん》な仕事も引き受ける。

したがって、宇宙船の操縦から火器の取り扱い、果ては特殊な格闘技に至るまで、ありとあらゆる技術を身につけている。

血へどを吐いて、三人の男はカウンターや壁に激突した。蹴られたのか、殴られたのか、それはやられた当人にもわからない。はっきりしているのは、骨を砕かれ、肉をえぐられたということだ。

ダンの横では、残る三人がタロスの餌食《えじき》になっていた。タロスは大男だが、顔はムービースターのように甘い。目は瞳が大きく、両端が少し垂れている。鼻すじが通り、ちょっと厚めの唇は、やわらかい曲線を描いている。眉は太く、長い。

しかし、タロスは攻撃的で容赦《ようしゃ》のない性格だった。ことに理不尽な喧嘩を売られたとなると、その猛々《たけだけ》しさは野獣のそれにも等しいほどであった。

タロスは右手を伸ばし、正面に立った相手の胸ぐらをいきなり把《と》った。じたばたするのも構わず、左右に振りまわす。

驚異的な膂力《りょりょく》である。

男はまったく抵抗できない。タロスは右手一本で男を持ちあげ、自分の武器とした。振りまわした男のからだで、あとのふたりを打ち倒したのだ。

散々に打ちすえてから、男を投げ捨てた。

隙を見て襲いかかろうと構えていた仲間の男たちは、この荒技を目《ま》のあたりにして、息を呑《の》んだ。足がすくみ、棒立ちになった。

格が違う。

まともに喧嘩を売れる相手ではない。

それを悟った。

「ちくしょう」

血まみれになった男が、よろよろと立ちあがった。バードのグラスで額を割られた男だ。うつろな目でバードを睨みつけている。

「ぶっ殺してやる」

うなるように吐き捨て、男はホルスターに手をかけた。

「やめろ、アニバル！」

仲間のひとりが、その動きに気がつき、止めようとした。この店でガンを抜くのは法《はっ》度《と》とされている。

アニバルは制止を無視した。

ハンドブラスターを抜いた。

ちんぴらとはいえ、アウトローである。ガンプレーは速い。店の奥のほうで揉《も》み合っているクラッシャーの三人は、ハンドブラスターで狙われていることを知らない。

アニバルが、トリガーボタンを押した。

同時に。

爆発音が轟《とどろ》いた。

「ぎゃっ！」

けたたましい悲鳴があがった。

アニバルが右腕を押さえてのたうつ。

バードでもタロスでもない。

悶絶したのは、撃った当人である。

一部始終を見ていたアニバルの仲間も、呆然としている。

いったい何が起きたのか。

ガンビーノだ。

トリガーボタンが押される直前。

ガンビーノがウィスキーのボトルを投げた。

ボトルは銃口の前に飛んだ。

ちょうど火球が発射された、その瞬間だった。

火球が、進路をボトルにさえぎられた。

ボトルと銃口にはさまれ、火球はその両方を灼《や》いた。ボトルは破裂し、真っ赤に熔《と》けたガラスのしずくとなった。ウィスキーは蒸発し、高温の蒸気と化した。ハンドブラスターも一部が熔けた。

アニバルの右手が、瞬時にして焼けただれた。

アニバルは苦悶の叫びを発し、ハンドブラスターを放りだそうと、激しく手を振りまわした。

絶叫を耳にして、タロスは首をめぐらした。

跳《は》ねまわるアニバルの右手にハンドブラスターを認めた。まさか、熔けててのひらに張りついた銃をはがそうとしているところだとは思わない。

ハンドブラスターを見たタロスは、反射的に動いた。

バードに殴り倒されて足もとに転がってきた男の襟首《えりくび》を、タロスはつかんだ。つかむやいなや引きあげ、そのからだを投げた。

男はまっすぐに飛んで、火傷《やけど》の苦痛にもだえているアニバルの右肩を直撃した。

アニバルと男のからだはからみ合い、ひとつになって、背後にひしめいていた仲間の中に転がりこんだ。そのうちの何人かを華々《はなばな》しく薙《な》ぎ倒した。

ダンとバードが腰のホルスターからレイガンを抜いた。

間を置かずトリガーボタンをプッシュし、ダンは入口側、バードは奥の方の床を縦横に灼いた。

レイガンの光条に追われ、男たちは、まるでダンスのステップを踏んでいるかのように忙しく跳ねまわる。

タロスが前にでた。ダンとバードはトリガーボタンから指を外した。

「まだやるかい？」

ゆっくりと睨《ね》めまわし、薄い笑いを浮かべて、タロスは訊いた。

男たちは心底怯《おび》え、蒼《あお》ざめた顔で凝然《ぎょうぜん》と立ち尽くしている。

「もう終わりだ」

声がした。

店の入口のほうだ。

男たちの中からではない。

さらに、そのうしろからである。

人垣が割れた。押しのけられるのではなく、譲るようなひらき方だった。

「へたあすると、町ごとぶっ壊されちまう」

白いダブルのスーツを着た男が、あたりを睥睨《へいげい》するかのように、店の中央を悠然《ゆうぜん》と進んできた。コーカソイドではない。肌の色は濃い褐色である。スーツと同色のテンガロンハットをかぶり、首には純金の飾りをつけたストリングタイを下げている。

男はダンの正面に立った。

ずんぐりとした小男だ。その大部分を大型のサングラスで覆われた丸い顔は、ひどいあばた面で、ひしゃげた鼻、幅広い口とあいまって、どことなく爬虫類《はちゅうるい》的な印象を見る者に与える。年齢は、三十四、五歳といったところだろうか。

「ひさしぶりだな、クラッシャーダン」

右手を軽く挙《あ》げ、男は言った。

「なかなか盛大な歓迎じゃないか」

静かな声で、ダンは言葉を返した。

「まったく恥ずかしい限りだ」

男は表情を歪《ゆが》めた。

ノボ・カネーク。

世間には〝ドルロイの二代目《ジュニア》〟で通用する。

## 3

「ドルロイはひでえ星だ」カネークが言った。

「植民がはじまってから十一年になるのに、未だに開発途上国だ。GDPは植民地きっての低レベルで、人口は五年前から一万二千人。一割と増えちゃいない。それもこれも、みんなあのいまいましい海のせいだ。ドルロイは海ばっかりで、陸らしい陸は、これっぱかしもありゃしない」

「先代は、それを承知で、この星の開発を引き受けられた。こんな星でも、有効なビジョンのもとに植民をおこなえば、必ず立派な国家として発展すると言われて」

ダンが応じた。

「親父は、そのビジョンを胸に納めたまま、土に還《かえ》ってしまった」カネークは、かぶりを振る。

「親父の狙いは精密機械工業にあった。それも、手づくりの一品ものというやつだ。量産品を廃し、受注生産でロボットや宇宙船や航空機をつくる。そのために、テラに残っていたトップクラスの職人や技術者のほとんどを移住させ、技術関係のディスクもすべてコピーしてドルロイに運びこんだ」

「俺たちの〈アトラス〉も、惑星の改造が終わったあとに、先代のご好意でここで建造してもらったんだ」タロスが口をはさんだ。

「〈アトラス〉はいい船だ。いままでいろんな船を操縦してきたが、こんなすごい船には、おめにかかったことがない。操縦性、安定性、それに戦闘能力。どれをとっても、一級品だ。一クラス上の船でも、〈アトラス〉にはかなわないだろう」

「しかし、受ける側にとってみれば、そんな船はただの厄介物にすぎない」カネークは身をのりだし、指先にはさんでいた葉巻を左右に揺らした。

「考えてもみろ。一隻一隻、あらたな設計を起こし、当局の許可を取り、過酷なテストをうんざりするほど繰り返して建造するのだ。〈アトラス〉のような百二十メートル程度の小型船でも、外洋宇宙船となると、完成までに二年はかかる。それで売値はどうだ。それに見合ったものになるか。あるいは、産業として採算がとれるものになるのか」

「…………」

「豪華船なら、それも可能だろう。だが、そういった船の受注はグラバース重工業などの大手が完全におさえている。また注文があったところで、ドルロイの設備とやり方だ。納期を守れるはずもない。勢い、発注主は限定されてくる。おまえさんたちみたいな命懸けの仕事をする連中か、そうでなければ金持ちの好事家《こうずか》だ」

「…………」

「国家的産業というお題目が聞いてあきれるぜ。このままだと、正式に独立する前にドルロイは破産しちまう」

カネークは葉巻をテーブル脇の処理ポッドに投げ入れ、ソファからゆっくりと立ちあがった。

左手の窓際に行き、外の闇に目をやる。

窓の外は。

海だ。

潮騒《しおさい》の響きが遠く近く聞こえてくる。

テリーの店での始末をつけると、カネークはダンたち四人を店の前に待たせてあった自分のリムジンに乗せた。リムジンは市内中心部にあるカネークの連絡事務所ではなく、ドルロイの総督公邸に向かった。公邸は、ミストポリスの東のはずれに建てられた広大な工場の一角にあった。

十二階建てのビルである。ミストポリスでもっとも壮麗な建築物だ。先代が亡くなってすぐに、カネークが巨額の公費を投じてつくらせた。

その最上階に、カネークの執務室はあった。

四人は執務室に通された。

公邸には、ドルロイの誇るエレクトロニクスや光学の技術が、随所に使用されている。その上、執務室に至っては、建材のほとんどが自然木という豪華さだ。しつらえられているソファやデスクなどの調度類も、テラから取り寄せたアンティークの逸品《いっぴん》である。規模はさほどでもないが、これだけ充実した設備と造りのビルは、かれらの故郷であるテラにさえ見当たらない。

ドルロイはりゅう座宙域に属している恒星、カウラスの第四惑星である。赤道直径はおよそ一万三千八百キロ。海陸比は実に一〇〇対一以下という典型的な海洋惑星だ。陸地は、そのすべてが島嶼《とうしょ》で、大陸は存在しない。

地球連邦政府は、当初、この星への植民を断念していた。大気組成が非地球型であるばかりか、あまりにも陸地が少なかったからだ。惑星改造には、莫大な資金と労力とが必要とされる。しかし、これでは、どんなに投資しても移民希望者はあらわれないだろう。島は数ばかり多くて、面積に乏しい。一万人以上が居住可能な島はひとつもないのだ。

その連邦政府の決定をくつがえさせたのが、先代のドルロイ総督、ノボ・カネーク・シニアであった。

カネーク・シニアはドルロイ開発の可能性を説き、計画書を作成して、それを議会に提出した。

ありあまる海底の資源を利用して精密機械工業を推進しようとするシニアの開発計画は、議会を動かした。

ドルロイの改造と植民は承認され、二一二九年から二一三〇年にかけて、延べ一千人に及ぶクラッシャーが惑星改造の任にあたった。

指揮をとったのは、二一二〇年に史上最高のクラッシャーとして銀河系に躍りでたクラッシャーダンと、そのチームだった。

改造のための基地すら建設できないほどに困難なこの大事業を、ダンはチームメイトのひとりを失いながらも、二年がかりで完遂《かんすい》した。

実行不可能といわれたドルロイの改造を引き受けたのは、ダンがカネーク・シニアの人柄と情熱に惚《ほ》れこんだからである。

改造が完了するや、間髪《かんはつ》を容《い》れずに、シニアは植民を開始した。まず島のひとつに、正式な宇宙港が開設され、つぎに、そのとなりの島――ドルロイ最大の面積を擁してい るミスト島にミストポリスが建設された。ミストポリスには巨大な工場も建てられた。

そして、またたく間に十年の歳月が流れた。

カネーク・シニアは二一三九年に航空機事故で六十六年の生涯を閉じ、ドルロイ総督の地位は息子のカネーク・ジュニアが継承した。

そのジュニアが総督になって最初にしたことは。

自分の住居であり執務の場でもある質素な総督公邸を、十二階建ての豪華なビルに建てかえることだった。

# 4

「ドルロイは重大な岐路に差しかかっている」窓際に立って、無言のまま夜の海を眺めていたカネークは、つと振り返り、言を継いだ。

「誇り高いが貧しい地球連邦の委任統治領として生きるか、それとも産業振興策を強引に推し進め、惑星国家としての完全な独立を勝ち得るか。道はふたつにひとつだ」

「先代なら、誇りを捨てずに地道な産業振興策を推進し、最終的には独立を得る道を選んだじゃろうな」

　ガンビーノが独り言のように言った。

「親父の話は、もういい！」そのつぶやきを耳にしたカネークは、顔色を変え、声を荒らげた。

「俺には俺のビジョンがある。親父は志半ばでこの世を去った。ドルロイの未来は、この俺にまかされたんだ！」

「ジュニアのビジョンとは？」

　ダンが訊いた。

　穏やかだが、声には有無を言わせぬ強い響きがある。

　カネークは頬をひきつらせた。

　視線をダンに向け、呼吸をととのえるように何度か大きく息をする。

　ややあって、言った。

「見せたいものがある。悪いが、一緒にきてもらいたい」

　ダンに異存はなかった。五杯目のおかわりをしたばかりのガンビーノが不服そうに鼻を鳴らしたが、それも、

「向こうでも酒は用意できる」

というカネークの一言で、かたがついた。

専用のエレベータに乗り、地下に降りた。

そこから、カートで工場へと向かった。

さすがに精密機械を扱っているだけあって、しみひとつない真っ白な通路を、六人乗りの電動カートは時速十五キロほどでなめらかに進んだ。
五、六分も走ったろうか。
カートは静かに停止した。

〝企画室〟と記されたドアの前である。

カネークにうながされて、四人はカートから降りた。

カネークがドアの右端にてのひらをあてると、ドアはゆっくりと横にスライドした。

企画室の中に入った。

豪奢《ごうしゃ》なカネークの執務室とは対照的に、企画室はシンプルで機能的に設計されていた。

部屋の中央に楕円形のテーブルがあり、そこに椅子が十脚、並べられている。右手の壁はスクリーンを兼ねていて、それ以外の壁と天井は発光パネルになっていた。

あとは何もない。装飾やインテリアのたぐいは、いっさいが省かれている。

四人はテーブルに着いた。カネークはスクリーンに向かい合っている席に腰をおろした。

カネークの前にはコンソール・パネルがある。そのパネルについているボタンのひとつをカネークは押した。

壁がひらいた。

スクリーンに向かって左側の壁だ。

そこにも扉があった。

ぱっくりと口をあけた扉の先には、やはり白い通路がまっすぐに伸びている。

足音が響いた。

ひとりではない。ふたりだ。

すぐに企画室へと入ってきた。

ひとりはクリーム色の作業着を着た初老の男。そして、もうひとりは水着とさして差がないほどに肌を露出しているきわどい衣装を身につけた若い女性だった。

それも、思わず息を呑《の》むほどの美人である。

栗色の、いかにも質のよさそうな髪の毛は緩《ゆる》やかにカールし、ふわりとやわらかく肩にかかっている。きれいな卵形の顔は絶妙の曲線で構成され、節度のある大きさの目とほんの少し上を向いた高めの鼻、それにふっくらとした唇が、その美しさをより完璧なものにしている。

身長は百七十センチ前後。プロポーションは豊かで、かつほっそりとしている。足はもちろん、すらりと長い。小麦色に日焼けした肌は、いかにも健康そうだ。しかも、それでいて、うなじのあたりには、ゾクリとするほどの色香が漂っている。

女性は両手で銀色のトレイを捧げていた。トレイの上には、ウィスキーのボトルとグラスが五つ載《の》っている。

正確なリズムでテーブルに歩みより、席に着いている五人の、それぞれの前にひとつずつグラスを置いた。

つぎに、ウィスキーのボトルを把《と》り、優雅なしぐさでそれを注いでまわる。

ひととおり給仕し終えると、また初老の男の脇に戻って、動きを止めた。

「さて、どうかな？」

いたずらっぽい笑いを浮かべたカネークがグラスを目の高さに掲げ、意外な成り行きに唖然《あぜん》としている四人に向かって、楽しそうに訊いた。

「どうかねって、いったいなんだ？」

タロスが眉をひそめ、問い返した。

「見せたいと言ったのは、この娘《こ》のことだよ」

カネークは女性を指し示した。

「コンテストでもやろうってのか？」

今度はバードが訊いた。

WHISKEY
SCOTCH
YAS.

「まさか」カネークは首を横に振った。

「コンテストに彼女をだしたら、失格になってしまう」

「ってえことは」

タロスとバードは、女性を凝視した。

「動きが不自然だったな」

ダンが言った。冷徹な目で、ジュニアを見据《みす》えている。

「どことなく、ぎくしゃくしておった」

ガンビーノが、ウィスキーをあおりながらつけ加えた。

「アンドロイド？」

タロスが目を丸くした。

「ドルロイの精密機械技術の精華だ」カネークは胸を張った。

「これが、わたしのビジョンの切札なのだよ」

「これを輸出するのか？」

ダンが訊いた。

「そうだ」

カネークはうなずいた。

「用途はなんだ？」

「男性へのサービスだ」

カネークは平然と答えた。ダンの右眉が小さく跳ねた。

男性にサービスするアンドロイドは、一般にセクサロイドと呼ばれている。多くはベッドで相手をするようにのみつくられており、それ以外の動作はほとんどできない。まして や、歩いたり給仕をつとめたりできるセクサロイドなどは皆無であった。

「これの商品名は、アクメロイドという」カネークは言葉をつづけた。

「アクメロイドの最大の特長は、量産が可能になったことだ。値段は安くはないが、それでも、これを必要とする連中が購入できないというほどのものではない」

「紳士録に載せてもらえない紳士のことかな」

ガンビーノが、からかうように言った。

「客の素姓は詮索《せんさく》しないのだ」

カネークは傲岸《ごうがん》な目で、呑んだくれのナヴィゲータを睨んだ。

「法律に触れないのか？」

バードが訊いた。

「百パーセント合法的なビジネスだ。これを生産して販売する限りにおいては」

「あとは倫理の問題だな。法にかなっていても、表のビジネスじゃあない」

タロスが言った。

「スクリーンを見てもらおうか」

カネークはタロスの皮肉混じりの言を無視した。

## 5

カネークはコンソール・パネルのスイッチをいくつか、慣れた手つきで操作した。

発光パネルの光が減じ、映像が入った。

しばらくは、それが何かわからなかった。

クラッシャーの四人は、目を凝《こ》らした。

ややあって、ハッとなった。

死体？

全裸の女性が何人か、折り重なって倒れている。

しかし、それが生身の女性でないことは、すぐにわかった。血液のかわりにオイルが流れ、傷口からは肉ではなく銀色に光る金属やコード、それにプリント基板などが顔を覗かせている。

これは破壊されたアクメロイドだ。それもただの破壊ではない。レイガンかあるいは小型のブラスターで、徹底的に撃ち抜かれている。

「五日ほど前のことだ」カネークが言った。「工場の中庭にテストのために待機させておいたアクメロイドが三体、外部から侵入した何ものかによって破壊された」

「人間なら殺人事件だな」

タロスが言った。

「人間でなくても、殺人事件と同じだ」

カネークは吐き捨てるように言葉を返す。

「やったのは誰だ？」

バードが訊いた。

「証拠はないが、見当はついている」

カネークはまたパネルのスイッチを操作した。映像が変わり、若い男のバストショットが映しだされた。

「海洋開発ラボのクラーケンだ」カネークは説明した。

「二一三六年に、ドルロイにやってきた。精密機械工業だけでなく、海洋開発による発展の可能性もドルロイには残されているという触れこみでな」

「先代が亡くなる前だ」

ダンがつぶやいた。

「親父は、クラーケンの話にのった。胡散臭《うさん》そうな話だったが、提出されたプランを見て、親父は移民と開発の許可をクラーケンに与えた」

「そのクラーケンが、あんたのアクメロイドにちょっかいをだしたというのか」

タロスが言った。

「あいつは、ドルロイの支配を企んでいる。海洋開発のための移民と称して五千人もの仲間をここに呼び寄せた。あいつの狙いは、ドルロイの工業技術にある。だから、俺がそれを推進させようとするのを阻むのだ」

「考えすぎという気もする」

バードが首をひねった。

「状況の詳しいことは」カネークはアクメロイドの脇に立つ初老の技術者に視線を向けた。

「開発主任のザルバコフに説明させよう」

ザルバコフはカネークの背後に控えていた。一礼し、テーブルの前へと進みでた。

実直そうな、いかにも職人といった感じの技術者だった。年齢は六十歳前後。小柄で穏やかな表情をしている。とても、アクメロイドを開発した人物とは思えない。身につけているクリーム色の作業着は半袖で、頭には小さなつばのついた帽子をかぶっていた。

カネークはスクリーンの映像を変えた。

工場の平面図が映しだされた。

中庭は画面の左端にあった。さほど広くはない。台形をしており、工場の建物に完全に囲まれている。

画面に、海から中庭までの赤い線が重なった。

「推定される侵入経路です」ザルバコフが言った。

「検証の結果、この経路に沿って、警報装置への干渉や建物の破壊の痕跡などが発見されました」

「やけに、あっさりと入りこまれているな」バードが言った。

「警備体制が穴だらけだったんじゃないのか?」

「おっしゃるとおりです」

バードの言葉をザルバコフは素直に認めた。

「われわれは油断していたのだ」カネークが横からつけ加えた。

「ここには、われわれしかいない。よしんば産業スパイが潜入しても、ミストポリスは身内ばかりの町だ。すぐに正体は割れる。そう信じていたのだ。しかし、実際はそうではなかった。目と鼻の先にクラーケンの一派が存在していた」

「警察は?」

ダンが訊いた。

「まだ組織が不完全だ」カネークはかぶりを振った。「自警団に毛が生えたようなものだな。いちおう捜査権も与えてあるが、なにしろ技術者や学者ばかりを集めた星だ。訓練がまるでできていない」

「すると、俺たちをここに呼んだのは」

タロスが眉根にしわを寄せた。

「まさか、探偵ゴッコをやれってんじゃないだろうな」

バードが言った。

「契約では、ドルロイの再改造となっておったようじゃが」

ガンビーノも、つぶやくように言う。

「もちろん、そのとおりだ」カネークは大きくうなずいた。

「仕事の話は、これからだ。いまのは、そのための前置きにすぎない」

カネークはザルバコフに目で合図した。ザルバコフはアクメロイドを連れて企画室を辞した。

「さて」カネークはスクリーンに向き直った。

「あらためて本題のほうの映像を見てもらおう」

また映像を変えた。

工場の平面図が消え、スクリーンが鮮やかなブルーに染まった。

サテライトによるドルロイの地表面の映像である。

「青いのは、みんなドルロイの海だ」カネークが解説した。

「スクリーンの中央にミスト島がある。拡大しよう」

画面の真ん中に白い矩形《くけい》の枠《わく》があらわれ、その部分がすうっとスクリーンいっぱいに広がった。

ブルー一色の中に、茶色のしみのようなものが、点々と出現した。

左端のしみが、ひときわ濃い。

それが、ドルロイ最大の島、ミスト島と、それを取り巻くミスト諸島だった。

「島の数は五百を超える」カネークは言った。

「だが、利用されているのは、そのうちの十指にも満たない」

「………………」

「場所を北に四百五十キロばかり移そう」

画面が移動した。

「ここだ」

しばらく海ばかりがつづいたかと思うと、また細かい島がびっしりとかたまって、画面の中に入ってきた。

「ここにある島のひとつに、海洋開発ラボの基地と、その関係者のための町が設けられている。島の名はナイマン。ここも拡大してみよう」

ズームした。

「ナイマン島のキャナリーシティだ。人口は四千八百あまり。市長は親父をたぶらかしたクラーケンが任命されている」

「なるほどな」タロスが鼻を鳴らした。

「総督の強力なライバルってわけだ」

言葉にトゲがある。

カネークは黙殺した。

「ナイマン諸島から、今度は東北にさらに百五十キロ」

どんどん映像を移す。

「このあたりの海底だ」

島がひとつもなくなった。

「ここに、海洋プレートの境界がある」

映像が、海底の地形図に変わった。

「見てのとおりだ。東北側のプレートが南西側のプレートにもぐりこんでいる」

たしかに、そのとおりだった。

「やってもらいたい仕事は、このプレートのもぐりこみの加速だ」

「なんだと？」

　タロスが腰を浮かせた。

「これを加速させれば、南西側のプレートは急速に隆起し、やがて、それは巨大な大陸となる」

「むちゃだ。十年くらいのオーダーでエネルギーを投入しても、ナイマン島あたりは地殻変動でずたずたになるぞ」

　バードが叫ぶように言った。

「それはそれで、やむをえない」

　カネークは泰然《たいぜん》としている。

「狙いはクラーケン一派の一掃《いっそう》か？」

　タロスが訊いた。

「うがった見方はよせ」カネークは薄い笑いを浮かべた。

「俺はドルロイの将来を考えているのだ。大陸が生まれれば、大規模な工業都市を建設できる。ドルロイの産業と経験は、飛躍的に発展するだろう。そのためには、ナイマン島のことなど些細《ささい》な問題にすぎんのだ」

「クラーケンは、このことを承知しているのか？」

　ダンが訊いた。

「テロリストに伝えることは何もない」カネークは、きっぱりと言った。

「むろん、発動の際には警告を与える。退去には力も貸そう。だが、ドルロイの総督は、この俺だ。俺が決定したことは、絶対にくつがえらない。ならば、要《い》らぬ情報を渡して、いたずらにテロリストを刺激することもなかろう。抜き打ちでおこなったほうが、お互いのためになる」

「屁理屈《へりくつ》をこねる能力だけは先代を凌《しの》いでいるな」

タロスが苦々しげに言った。

「誹謗《ひぼう》はやめろ！」カネークの額に青筋が立った。

「契約はすんでるんだ。慣例どおり、手の内はすべて明かした。直接、関係のないアクメロイドの一件も話した。手続きには不備はないはずだ。ここは黙って仕事にかかってもらおうじゃないか」

「二代目」

低い声でダンが言った。

炎のような視線が、カネークを貫く。

怒りが瞳の奥で渦《うず》を巻いている。

恐ろしい双眸《そうぼう》だ。

その迫力にカネークは怯え、背筋をびくんと跳ねあがらせた。

「仕事は、やる」ダンは言を継いだ。

「しかし、これだけは覚えておいてもらおう。俺たちが詳しい話も聞かずに契約を交わしたのは、先代の恩義に応《こた》えたかったからだ。あんたを信じたからじゃない。そこんとこ、取り違えられたんでは迷惑だぜ」

抑えようとして抑えきれない殺気が、全身にみなぎっている。

ダンは立ちあがった。

あとの三人も、リーダーに倣《なら》った。

不快きわまりないブリーフィングを、これで打ち切るという意思表示である。

「夜明けから下見に入る。データはホテルのフロントに預けといてくれ」

最後は一言、そっけなくつけ足した。

「わ、わかった」

身をすくませ、カネークは答えた。

声が震えて、言葉にならなかった。

## 6

正午までに、あらかたの作業は完了した。

夜明けと同時に〈マイノス〉で宇宙港に戻り、当面、必要とされる機材を〈アトラス〉から〈マイノス〉に移し換えた。

〈アトラス〉には二機の垂直離着陸機《VTOL》が搭載されている。〈マイノス〉と〈カロン〉だ。複座の〈カロン〉は戦闘専用機で、デルタ翼の〈マイノス〉はカーゴシップを兼ねている。定員も四人と多い。いずれの機体も、〈アトラス〉の建造に並行して、ドルロイの工場で設計、製作された。

四人は、きびきびと動いた。気の進まない仕事だったが、やらねばならぬとなれば、できる限りすみやかにすませたかった。

タロスが操縦桿《かん》を握り、〈マイノス〉は洋上に定めた調査ポイントに向かった。

惑星改造で、海洋プレートに手を加えられるようになったのは、ここ二、三年のことである。

最新技術なのだ。

それまでは大気組成を変えたり、水質を転換したりするのが、惑星改造の主たる目的であった。地熱を利用して、一部地域の気温を上下させることもできないことではなかった。

しかし、惑星の地形を根底から変更するのは、長らく不可能とされてきた。ドルロイがいい例だ。地球型にきわめて近い惑星でありながら、海陸比を変えられないがために、ドルロイはあやうく放棄されるところであった。

不可能を可能にしたのは、インスマック法である。

二一三三年にノーベル物理学賞を受賞した重力物理学の泰斗《たいと》、インスマック博士が開発したインスマック法は、惑星改造に革命をもたらした。

博士は、ワープ装置に使用されている重力場の発生装置を植民不能とされた惑星の地殻に埋めこみ、作動させた。微弱な重力場はプレートを活性化させ、数百回に及ぶ実験ではほんの十数例だったが、プレートの運動を加速させた。

その後、インスマック法の研究は急速に進んだ。装置を埋めこむ位置、エネルギーの規模などが厳密に測定され、まだ不完全な技術を残しながらも、必要に迫られて、インスマック法は実用化されるに至った。

完成されていないのは制御技術である。

地形改造は、十年のオーダーでおこなわれる。

悠長《ゆうちょう》なようだが、数万年はかかろうという地殻変動を十年単位のものに縮めてしまおうというのだ。想像を絶する大変動である。

それゆえに、制御を誤ると、惑星は壊滅する。地殻がずたずたに裂け、噴出したマグマが地表を覆い、惑星は原初の姿に還る。この二年間に、そういった事故は八例が報告されている。そのうちの三例は、途中で暴走を止めるのに成功した。

制御を確実なものにする重要なファクターは、重力場発生装置の設置場所と、その際に使用されるエネルギーの総量である。いずれに狂いがあっても、変動は暴走する。暴走は成功した三例が示すように、対応する位置に装置を置き、作動することで制止しうる。しかし、それは変動を制御するよりも、さらに精密な作業を要求される。また、止めるまでに蒙《こうむ》る被害も小さくはない。

ダンは〈マイノス〉で調査ポイントを執拗《しつよう》にチェックした。重力波を細かく測定し、それをサテライトから得たデータと照合して発生装置の数と設置場所を特定していった。この数値は、むろん一応の目安であり、作動時にもう一度、再チェックがなされる。

発生装置は、八基を設置することとなった。そのうちの五基は、すでに設置が可能であった。再チェックで重力波のレベルが変化しても、あとの三基の位置を調整することで十分に誤差をカバーできる。

ダンは海洋プレートの境界に近い海底に、四基の装置を打ちこんだ。

残る一基は。

陸上である。

ナイマン島の北端。

そこが、設置場所だとコンピュータは告げている。

「厄介な話だ」

〈マイノス〉のナヴィゲータ・シートで、ダンは渋面《じゅうめん》をつくった。

「無数にある候補地から、よりによってナイマン島ときた」

「再チェックしたあとに設置する三基のうちの一基も、ナイマン島に置くことになりそうだの」

後部シートでデータを読んでいたガンビーノが、うれしそうに言った。この老クラッシャーは、みかけによらず、修羅場《しゅらば》を好む。

「どうしやしょう？」

タロスが訊いた。

「やるしかあるまい」ダンの答えは決まっていた。

「なるべく、ひっそりと降りろ。場所は北端の岩場だ。空中からは打ちこめない。目立たないように降りて、手で埋めるしかないんだ」

「ひっそりとねえ」

恐ろしくむずかしい注文である。大都会の喧騒《けんそう》の中に降下するのではない。物音といえば、鳥の啼《な》き声くらいしかないところに着陸するのである。それも、騒音レベルがひときわ高いVTOLだ。エンジン音は周囲十キロそこそこのナイマン島全体に、にぎにぎしく響き渡ることだろう。

ナイマン島が近づいた。

眼下に陽光に照らしだされた緑の島が見えてくる。島はひとつではない。大小取りまぜて、無数にある。そのどれもが、鮮やかな蒼空《あおぞら》のもとで生き生きと輝いている。周囲がエメラルドグリーンに染まっている島もいくつかある。珊瑚礁《さんごしょう》があるのだろう。すばらしい景色だ。仕事でなければ、海岸に行って一泳ぎしたいところである。

スクリーンにナイマン島が映った。ダンは針路をフィックスした。タロスが大胆に高度を下げる。

「気流は、どうです?」

「ナイマン島に向かって十ノット」

「けっこうじゃござんせんか」

タロスはニヤリと笑った。

高度が千メートルを切った。

そこで、いきなり。

タロスはエンジンをオフにした。

けたたましく響いていたエンジン音が、ふっと消えた。

風切り音だけが残る。そして、かすかな耳鳴り。

「なるほど、ひっそりだ」

ガンビーノのとなりにすわっていたバードが、目を丸くして感心した。

タロスは〈マイノス〉を見事に滑空させる。デルタ翼の〈マイノス〉は、揚力《ようりょく》を得やすい。とはいえ、誰にでもできる芸当ではない。

大きな螺旋《らせん》を描いて、〈マイノス〉は降下した。

ひっそりという注文は、たしかに完璧にこなしている。

北端の岩場が見えてきた。視認もしたし、スクリーンでも捉《とら》えた。

「崖ですぜ」

タロスが言った。

「上のほうが、わりに平坦だ。あそこに降りて、ロープで降りる」

ダンが指示をだした。

それが最善の手である。

しかし、平らなところは直径でわずか十四、五メートルしかない。〈マイノス〉の全長から考えるとギリギリの広さだ。もちろん、滑走して降りるだけの余裕はない。

せっかくひっそりきたが、これまでだ。

タロスはあきらめた。

崖の上空に達した。高度は崖の上端から、わずかに七メートル。

ランディング・ギヤをだした。

瞬時、逆噴射。

つづいて下部ノズル噴射。

すさまじいエンジン音が耳をつんざく。

すうっと落ちた。ちょうど高速エレベータの下りくらいの感覚だ。

タッチダウン。

すかさずエンジンを切った。

静寂が戻った。

「まあ、ひっそりですな」

タロスが自画自賛した。

納得できる意見である。

コクピットから外にでた。カーゴルームをあけ、重力場の発生装置を引きずりだした。

装置は、直径四十センチ、長さ九十センチあまりの軽合金製のカプセルに納められている。重さはおよそ百二十キロ。大きさのわりに重い。

タロスが肩にかついだ。

問題は、これをどうやって岩場まで降ろすかだ。

「タロスと一緒にワイヤーで縛って、ウィンチで降ろしちまおう」

崖下を覗きこんでいたバードが、乱暴なことを言った。

その案が、成り行きで採用された。

さっそくワイヤーロープを取りだそうと、バードとガンビーノがカーゴルームのある機体後尾に戻りかけた。

その足が。
二、三歩で止まった。
「どうしたんだ、おい？」

カプセルを背負っているタロスは首をめぐらせられない。先に進まなくなったふたりの足だけが見える。

「何があった」

機体の側面にウィンチを取りつけようとしていたダンが、タロスのかわりに首を伸ばした。

「！」

ダンの動きも止まった。

囲まれている。

崖の反対側を完全に。

レイガンなどの武器を手にした、若い男女の一群。

三十人は、いる。

# 7

睨《にら》み合いになった。

分《ぶ》は明らかにクラッシャーのほうが悪い。

向こうは、すでにガンを構えているのだ。人数も七、八倍である。これでは、多少、実戦経験があっても役には立たない。かえって先が見えてしまって動けなくなる。いまのガンビーノやバードがそうだ。

こうなっては。

時間を稼ぎ、相手が隙をつくるのを待つに限る。

たいへんなのはタロスだ。かついだ大荷物を降ろすに降ろせない。しばらくはかついだままになる。

とりあえず、かれらの正面にいるバードがコミュニケートをはからねばならない。

「やあ」

にっこり笑って、片手を挙げてみた。

反応は。

ない。

何人かが、手を挙げたときに、反射的にトリガーボタンを押そうとしただけだ。

あとはみな、無表情にクラッシャーを睨みつけている。理由はどうあれ、友人と思っていないことはたしかである。

「困ったな」今度は両手を広げ、ついでに頭を掻《か》いてみせた。

「どういうことなんだ、これは。俺たちは、べつに違法なことをしにきたわけじゃないんだぜ」

お人よしの青年の役を演じようとしている。丸くて小さな目のバードは、こういった役を演じさせると実にうまい。

だが。

この名演も効果はなかった。

かれらは、クラッシャーが何をしにこの島にきたかを、承知している。

ひとりの男が、前にでた。もちろん、油断することなくレイガンを胸もとに構えている。背のひょろっと高い二十二、三歳の若者だ。この男に限らず、包囲している男女は誰もが一様に若い。二十代の前半か、せいぜい半ばあたりの者ばかりだ。武装はしているが、どうやら、キャナリーシティの市民らしい。服装がまちまちで統一されたところがないのが、その証拠である。キャナリーシティは、ここから二キロと離れてはいない。

「騙《だま》そうとしてもだめだ」緊張しているらしく、少しかすれぎみの声で、若者は言った。

「おまえたちが、ぼくらを追いだすために、この島をつぶそうとしているのは、わかっているんだ。そっちのでかいのがかついでいるのは、重力場の発生装置だろう。かねに目がくらんで請け負ったんだろうが、そんなものをここで使わせたりはしないぞ」

「なんだって？」

バードは小さな目を、せいいっぱい大きくひらいた。

「追いだす？　重力場？　そりゃ、いったいなんの話だ？」

「とぼけるな！」若者は、口調を強めた。

「情報は届いているんだ。クラッシャーが改造と称して、ナイマン諸島を壊滅させようとしているってな！」

これはまた、ずいぶん正確な情報である。

とぼけて、ごまかすどころではない。

それでも、バードは顔色ひとつ変えなかった。あくまでもシラを切りとおそうとした。

その間に。

そろそろとダンが動いた。

ダンは包囲の死角にいた。顔は見せてしまったが、位置はタロスと機体とのちょうど中間である。向こうからは頭と右腕の一部しか見えないはずだ。

それをいいことに、じりじりと機体に接近した。本来なら包囲したほうは、優位に立っているのだから、武装解除とまではいかなくても、もっと近寄って、ひとりひとりの動きを捕捉しなければならない。しかし、そこが素人の悲しさ。とにかく不意を衝《つ》いて囲んだものの、どうしていいかわからない。わからないから、銃を突きつけたまま、ただ睨んでいる。あるいは、誰か尋問できる人間の到着を待っているのだろうか。

ダンの左手が、機体に届いた。

側面、やや下側のところに、非常ハッチがある。それをあけると、ハッチの内側にリモコン装置がはめこんである。そのリモコン装置を使えば、包囲を破るのも不可能ではない。

ただ、非常ハッチをあければ、派手な音がする。音がしたら、かれらは即、トリガーボタンを押すかもしれない。ダンだったら、間違いなく撃つ。この状態で撃たれたら、バードもガンビーノもタロスも助からない。

ダンは相手を素人と読んだ。かつて人を撃ったことはないはずだ。

素人に、ためらうことなく人が撃てるか。

否《いな》。

ダンは、その読みに賭けた。

一生に一度の早業だった。

非常ハッチのロックを外し、開放ボタンを押した。

空気が弾ける音。金具が作動する音が、同時に響く。

ダンは機体にからだを寄せた。と、同時に、指をハッチの内側に滑りこませた。

リモコン装置をつかみだし、スイッチを操作する。

鋭い破裂音が、耳を聾《ろう》した。

視界が真っ白になった。

もうもうたる白煙が、あたりを瞬時にして包んだ。

煙幕だ。機体の三か所に設けられた小さなノズルから、白い濃密な煙が噴出した。

通常は、これで被弾を装ったり、また頼まれて曲技飛行する際にも使う。

その煙幕が、四人を隠した。

包囲した三十人は、誰もトリガーボタンを押せなかった。

煙の中で、四人が散った。タロスはカプセルを地上に置いてから走った。

走りながらホルスターからレイガンを引き抜き、包囲の人垣の中に飛びこんだ。むろん、何も見えていない。すべては勘である。

勘で機体を巻き、急坂を登って、右往左往している相手を適当に捕まえた。

煙幕が晴れた。

悲鳴があがった。人垣が五つに割れた。

打ち合わせたわけではないが、クラッシャーは四人とも、人質をひとりずつかかえこんでいる。

武器をもぎとり、腕を逆に把《と》って背後にまわりこんで、顔面にレイガンの銃口を押しあてている。

四人が四人ともそうだ。

人質は三人が男で、ひとりだけ女性だ。女性を捕まえたのは、いうまでもなくガンビーノである。

性格が知れる。

「銃を捨てて包囲を解きな」バードが言った。うって変わって、声が鋭い。

「俺たちはプロだ。甘くみるんじゃない！」

銃口を人質の額に、こすりつける。

しかし、かれらは、すぐに銃を捨てない。銃口をクラッシャーに向けたまま迷っている。こういうところが、またいかにも素人らしい。自分たちが撃てなかったのだ。相手も撃てないだろうと思っている。

いきなり、タロスがレイガンを発射した。

光線が、人質の頬ギリギリをかすめて足もとの岩を赤く灼《や》いた。

一言も口を利かぬまま、だしぬけに撃った。

人質の男は、たまらず悲鳴をあげた。

これは効果があった。

人垣が後退した。

全員の表情がひきつり、構えていた銃口が下を向いた。

「みんな、退《ひ》け！」

声がした。凜《りん》と響く、力強い声だった。

人垣の背後から聞こえた。

人垣が揺れ、道をあけた。

ダンは首をめぐらした。

スーツを着た端正な顔の男が、左右に分かれた人垣の間から姿をあらわした。武器は手にしていない。

丸腰である。

やはり若い男だが、ここに集まっている者に比べれば、年長である。二十七、八歳といったところか。髪はブロンド。背はきわだって高くはないが、均整が取れている。甘めの顔立ちだが、あごが角張っており、ひ弱な印象は与えない。

むしろ、強い意志の存在を感じる。

ダンは、その顔に見覚えがあった。

カネークの公邸で見た顔だ。スクリーンに、大きく映しだされた。

クラーケン。

海洋開発ラボの主宰者《しゅさいしゃ》である。

## 8

「退いて武器を納めろ！」

クラーケンは足場の悪い斜面を、一歩一歩たしかめるように慎重に進んできた。

「しかし、クラーケンさん」

先ほどまで指揮をとっていたひょろっとした若者が、異を唱えた。

「こいつらをこのままにしてはおけない。ほおっておいたら、われわれがドルロイから追いだされてしまう」

「といって、返り討ちにあったら、それですべてが終わりだぞ」

クラーケンは人質にレイガンを突きつけているダンにちらりと目をやった。

「あの連中は嚇《おど》しであんなマネをしているのではない。生きのびようとして人質をとったのだ。なめてかかったら、こちらが手痛い目に遭《あ》わされる」

「でも」

「いいから、わたしにまかせろ。ガービイ。あとは、わたしがなんとかする」

なおも食いさがろうとするガービイを、クラーケンは穏やかに制した。

ダンのほうに向き直った。

「もう強硬手段は使わない」声を高めて言う。

「銃をしまって、人質を解放してもらえないだろうか？　きみたちと話をしたいんだ」

「条件がある」ダンは言葉を返した。

「他の者を、この場から退去させろ。ひとり残らずだ。あんたとだけなら、話に応じる」

「危険だ！」ガービイが叫んだ。

「あいつらの狙いはクラーケンさんにある。あなたひとりを残してはいけない」

「まかせろ、と言ったはずだ」クラーケンは譲らなかった。

「きみが、みんなをまとめろ。ここを下って、泉の前で待機するんだ。心配はいらない。必ず話はつける」

「どうなんだ？」

ダンが返答をうながした。

「条件は呑《の》む」クラーケンは答えた。

「すぐに全員を退らせて、わたしがそっちに行く。そうしたら、人質を放してくれ」

「いいだろう」

ダンは了承した。

「聞いてのとおりだ。やってくれ」

クラーケンはガービイに向かって言った。

ガービイはしぶしぶながらも、クラーケンの言に従った。

ガービイを先頭に、武装した一群が坂を下っていった。クラーケンは、それを見送ってから、ダンに向かって歩を進めた。

クラーケンがきた。

タロスが人質を放し、クラーケンの背後にまわって銃口を首筋に押しあてた。

ダンもバードもガンビーノも人質を解放した。ガンビーノは、すまんかったな、と人質の女性に声をかけた。人質だった四人は、仲間のあとを追って、急ぎ駆け去っていった。

「さて」ダンはクラーケンを見た。

「話は向こうで」

首を軽く振り、〈マイノス〉を指し示した。

急坂を下って、〈マイノス〉の蔭《かげ》に入った。歩哨《ほしょう》として、バードが〈マイノス〉の機首側に、そしてガンビーノが後尾に立った。

タロスは、銃口を下げた。ホルスターに戻しこそしないが、指もトリガーボタンから外した。

「みんなを帰してよかったよ」かぶりを振りながら、クラーケンは言った。

「きみたちは本当のプロだ。かれらが百人集まっても、勝てやしない」

「こっちも戦争をやらずにすんで、ホッとしている」ダンも言った。

「今回の仕事は、ドンパチ抜きなんだ」

「依頼主がそう思っているかどうかはべつだな」

「どうして、俺たちのことを知った？」

「驚くほどのことじゃない」クラーケンは肩をすくめた。

「ジュニアは心底嫌われているんだ。身内の者にもね。表立っては逆らえないが、いろいろと教えてくれる人はミストポリスに少なからずいる」

「内部通報者か。気持ちはわかるな」

ダンは苦笑した。

「あのジュニアの計画はでたらめだ」クラーケンは口調を改めた。

「ドルロイの将来のことなんか、これっぽっちも考えちゃいない。やつはただ独裁者になりたいだけだ」

「独立したときのことか？」

「そうだ」クラーケンはうなずいた。

「いま独立申請に先立って、憲法の制定と国民議会設立の機運が、ミストポリス、キャナリーシティの両市民の間に高まってきている」

「なるほど」

「カネークはひねくれ者だが、馬鹿じゃない。自分が市民にどう思われているかはよく知っている」

「議会ができて、首長が選挙で選ばれるとなったら大ごとだ」

「いまの地位は絶対に保てない」

クラーケンは断言した。

「そこで、あわてて陸地づくりに励もうとしているわけか」

ダンは指先であごをなでた。

「ドルロイの経済を根底から握ると同時に、われわれを追いだしてしまおうという二段構えの計画だ」

「惜しいな。発想は鋭いが、自分の利益のことしか考えていない」

「先代は理想を追い求め、自己犠牲に徹していた」

「理想と利益の差か」

ダンは遠い目をした。おのがビジョンを熱っぽく語る先代の顔が脳裏に浮かんだ。

「再改造を中止してもらえるか？」

クラーケンが訊いた。

「悪いが、それはできない」ダンは、首を横に振った。

「契約がすんでいる。依頼が非合法なものなら破棄もできるが、こいつは形の上では筋が通っている。俺たちとしてはやるしかない」

「やはり、そうか」クラーケンは肩を落とした。

「残念だ。ラボをつくって五年。ようやく計画が軌道にのり、大規模な開発の見通しもついたというのに」

「ラボの場所は移せないのか？」

「適当な島がない。あっても一からやり直しだ。先代が亡くなってから資金的にも苦しくなっている。ここを失ったら、ドルロイから撤退するほかはないだろう」

「そうか」

ダンは口をつぐんだ。

雰囲気が重苦しくなった。

「ちょっと、よござんすか？」

タロスが横からしゃしゃりでた。

「なんだ？」

「ひとつ、訊きたいことがありやして」

「わたしに？」

クラーケンは自分を指差した。

「アクメロイド殺しのことでさあ」

「アクメロイド！」

クラーケンの表情が硬くなった。

「あれは鮮やかすぎる仕事でしてね。外部の者がやったとなると、これはプロを捜さなきゃなんなくなる」

「あれはカネークが仕組んだ罠《わな》だ」クラーケンは言った。

「自分でやっておいて、その罪をわれわれになすりつけようとしている」

「だとしたら、犯罪行為だ。ことは契約にもかかわってきますぜ」

タロスの双眸《そうぼう》が炯《ひか》った。

「アクメロイドは――」

クラーケンは言をつづけようとした。

そのときだった。

クラーケンの言葉を甲高い叫び声がさえぎった。

意味は判然としない。悲鳴に似ている。

それにつづいて。

「動くな！」

「止まれ！」

というバードとガンビーノの声が響いた。

間髪を容《い》れずに、ダンとタロスが身をひるがえした。クラーケンの反応も意外に素早かった。

〈マイノス〉の蔭から飛びだした。

ちょうどバードが倒れている若い女性を抱き起こそうとしているところだった。ガンビーノが人質にしていた女性だった。

女性がおもてをあげた。その目が駆け寄ってくるクラーケンを捉えた。

女性は叫んだ。

「襲われている！　カネークの集めた連中が、みんなを！」

女性は額を負傷していた。

レイガンに灼かれた傷だった。

## 9

クラーケンが血相を変えた。

「だまし討ちか？」

振り返り、ダンに詰め寄った。

「見損なうな！」

ダンは怒りの声でクラーケンに応じた。

「これを使え」

ガンビーノがポケットから小指ほどの大きさのボンベを取りだした。非常用にいつも携帯している消毒薬のスプレーだ。それをガンビーノはバードに手渡した。

ボンベの封を切り、バードは消毒薬を女性の額に噴きつけた。

白い霧が、傷口を覆った。

霧は焼けただれた皮膚を洗浄し、そのあとで薄い透明な膜となって傷口を保護する。薬液には麻酔剤も含まれているから、鎮痛効果もある。

「マーサ」

クラーケンが膝を折り、女性の肩に手を置いた。

「みんなを早く。殺されてしまう！」

甲高い声で、マーサは言った。恐怖と興奮とで、マーサの声は裏返っている。小刻みに震える右手が、急坂の下のほうを指し示す。

五人の男は、いっせいに顔を見合わせた。

ぐずぐずしているときではない。

ダンが動いた。間を置かずに、タロスとガンビーノが、その動きに従った。クラーケンはバードの手を借りて、マーサを抱きあげた。

小走りに進み、滑るように坂を下った。

坂の途中で視界がひらけた。眼下にかなり広い空地があり、そこにエアカーが何台も停車している。一台は大型のバスで、一台はクーペ。そして、黒塗りのセダンが全部で五台。

それらエアカーの間に、何十人という男女がひしめいている。逃げまどう者。それを追う者。半分はクラーケンの仲間の青年たちだが、半分はまぎれもないヤクザだ。昨夜、テリーの店で悶着《もんちゃく》を起こした連中もいる。

人垣の中でレーザーの光条がほとばしり、魂消《たまぎ》る悲鳴がけたたましく響いた。よく見ると、地面に倒れ伏したままぴくりとも動かない者が何人もいる。

「ちくしょう！」

タロスがうなった。ダンを追い抜き、大地を蹴って、斜面を強引に駆け下ろうとした。

そのとき。

「みんな、おやめ！」

鋭い声が、凜《りん》と走った。

女の声。しかし、聞く者を瞬時にして従わせる強い力を秘めている。

タロスは足を止め、声の主を捜した。視線を左右に送り、ひとりひとりをたしかめるように見る。

いた。

間違いない。あの娘だ。

長い黒髪を風になびかせて、二挺《ちょう》のレイガンを腰だめに構えている。

そして、もうひとり。

青いシャツを着たヤクザを背後から裸絞《はだかじ》めに押さえて、その頬骨《ほおぼね》にヒートガンの銃口を突きつけている娘もいる。

だが、これはいったいなんという光景だろう。

娘はふたりとも若い。十九か二十歳。それ以上には見えない。

その若い娘、驚いたことに、どちらもきわどい水着姿なのである。

二挺レイガンの娘《こ》は黒のマイクロビキニ。ヒートガンのほうは、ハイレッグカットの大胆なワンピースを身につけている。ふたりともスタイルは抜群だ。容姿も飛び抜けている。ムービースターかモデルが、海水浴にきていて乱闘に巻きこまれたとしか思えない。

「あきれたぜ、こいつは」

タロスはかぶりを振り、あらためて歩を進めた。

「やめろ、やめろ！」

急坂を下りながら、大声で怒鳴った。

何十人もの視線が、タロスに集中した。水着の娘ふたりも、探るような目をタロスに向けた。

「水着のねえちゃん相手にドンパチたあ情けないぜ」

タロスは太い声で咆《ほ》えるように言った。それから、ひとわたり、あたりを睨《ね》めまわした。

タロスの右横に、マーサを抱きかかえたクラーケンが並んだ。

広場は、しんと静まりかえった。

「暴れたいやつは、俺たちが相手だ」

タロスの蔭から、ダンがあらわれた。ダンは剃刀《かみそり》にも似た鋭いまなざしで、ヤクザを端からゆっくりと見据えていった。ヤクザはうろたえ、怯えたように目をそらした。

「動かないで！」

黒髪の娘が、レイガンの照準をダンの額に合わせた。

そのまま、きっと睨む。

無駄のない動き。素人のそれではない。

「ほう」ダンは立ち止まった。

「ファッションモデルかと思っていたら、そうじゃないようだな」

口の端をかすかに歪めて笑い、ダンは言った。

「たっ、助けてくれ。ダン……」

もうひとりの娘に首を絞めあげられている青シャツのヤクザが、哀れなかすれ声で、ダンを呼んだ。

向こうはダンを知っているらしいが、ダンにしてみれば、はじめて見る顔である。

「誰だ。おまえは？」

ダンはヤクザに訊いた。微笑が口もとから消えた。

「アモスだ。ジュニアの筆頭秘書の」

やけに態度がなれなれしい。

「知らねえな」

ダンの目が、すうっと細くなった。

「助けてくれ、殺されちまう」

「自業自得だ」

低い声で、ダンは冷ややかに応じた。

「襲ってきたのは、こいつらよ」

アモスにヒートガンを突きつけている娘が口をひらいた。赤毛を長めのウルフカットにしている。ボーイッシュな感じの美人だ。いかにも気が強そうである。

「あんたらが、やばいと思ったんだ」アモスが言った。

「この連中が岬に集まっていたから、あんたの仕事が邪魔されると思い、協力しようとして襲ったんだ」

「ジュニアが、命じたのか？」

ダンの表情がいっそう険しくなった。

「俺の判断だ。カネークさんは関係ねえ」

アモスは首を左右に振ろうとした。だが、赤毛の娘が突きつけているヒートガンで、顔は横に動かせない。振ろうとするしぐさだけになった。

「どうしたものかな、クラーケン？」

ダンはななめうしろにいる海洋開発ラボの主宰者に、目をやった。

「襲われたのは、あんたの仲間だ。好きにしていいぜ。ジュニアが文句を言うようなら、かたは俺がつける」

「殺し合いはごめんだ」強い口調で、クラーケンは言った。

「放してやるから二度とここにこさせないでくれ！」

「わかった」ダンは正面に向き直った。

「ちょっと動いていいかな？」

殺気立っているふたりの娘に、穏やかに尋ねた。

「ゆっくりとよ」

レイガンをダンに向けて構えている黒髪のほうが、条件つきながら、許可を与えた。

「悪いな」

ダンは言われたとおり、ゆっくりと動いた。

アモスの前まで進んだ。アモスをおさえつけている赤毛の娘の表情がこわばった。ヒートガンを握る指が白い。人差し指はすでにトリガーボタンにかかっている。

ダンはアモスの目を覗きこむように、顔を寄せた。ジュニアの筆頭秘書は追従《ついしょう》の笑みを、その口もとに浮かべた。

と同時に。

ダンの右拳がアモスのみぞおちにめりこんだ。

腕を直角に曲げ、下から上へ突きあげるような一撃。

ダンの動きは目で追えなかった。だらりと下げられていた右腕がまばたきひとつするよりも速く走り、アモスの腹部に突き刺さっていた。

「がっ！」

異様な声とともに胃液を吐き散らして、アモスはくずおれた。

からだをふたつに折り、地面に転がってひくひくと痙攣《けいれん》する。

赤毛の娘は動けない。自分の腕からアモスの首が抜け、くたりと倒れていくのを呆然と眺めている。

「失せろ」

苦悶するアモスを見おろし、ダンは静かに言った。

「うう、あああ」

アモスは呻《うめ》き、ぶざまにのたうっている。

「とっとと失せて、ミストポリスで謹慎していろ。この仕事は俺が仕切っている。てめえらに出番はない」

それだけ言うと、ダンはきびすを返してクラーケンの前に戻った。

「すまなかったな。いずれ、始末はつけさせる」

頭を下げた。

「怪我人を収容しなければならない」周囲を見まわし、クラーケンは言った。

「もう少し話をしたかったが、きょうは無理だ。今度、市庁舎のほうに訪ねてくれないか」

「わかった。あすにでも行く」

ダンはうなずいた。そして、挨拶《あいさつ》のかわりに右手を軽く挙げ、その場を去ろうとした。

が。

その足がふと止まった。

「ところで」振り返り、再度、口をひらいた。

「あのふたりは誰なんだ？」

クラーケンに訊いた。

「ふたりって？」

「水着の娘だ」

わずかにあごをしゃくった。

「うちの新入りスタッフだが」

とまどいの色を見せて、クラーケンは答えた。

「えらいのを飼っているな」

ダンは薄く笑った。

「え？」

「プロじゃないか」

それだけ言うと、ダンはクラーケンに背を向けた。

すたすたと歩きだした。タロスやバードをうながし、岬に戻るために急坂を早い足取りで登っていく。

もう振り向こうとはしない。

「さっさとボスんとこにお帰り！」

クラッシャーたちの背後で、威勢のいい声が響いた。

赤毛の娘の声だった。

# 第二章　殺人人形《キラー・ドール》

## 1

ダンは作業を打ち切らなかった。

ナイマン島のポイントに重力場発生装置を設置すれば、その日の作業は完了したことになるのだが、ダンはあらためて設置ポイントの再検討を提案した。

ナイマン島への影響を最小限に抑えようと考えたからだ。

タロスにもバードにも、そしてガンビーノにも異存はなかった。

日没まで設置ポイントの再チェックと計算を繰り返した。しかし、結果は否だった。

おそらくカネークも綿密な計算をすませておいたのだろう。かれの言う条件を満たそうとすれば、必ずナイマン島は海中に没するか、さもなくば四分五裂して無数の小島と化すほかはない。

ダンは、やむなく〈マイノス〉をターンさせた。

夜も遅くなったころ、ミストポリスに戻った。ちょうど昨夜、かれらがミストポリスに到着したくらいの時刻だ。

着陸直前にカネークの事務所に連絡を入れておいたので、エアカーがヘリポートに迎えにきていた。リムジンではないが、運転手付きの高級車である。

初老の運転手は、行き先を聞かずにエアカーを発進させようとした。それをダンが止めた。

「ホテルじゃないぜ」ダンは言った。

「カネークの公邸に行ってくれ」

「はあ」

運転手は助手席のダンの顔をちらと見てから、小さくうなずいた。

ミストポリス市内を横切り、海岸沿いのハイウェイを猛スピードで走り抜けた。

さほどの時間も経ずに、ドルロイの総督公邸に至った。

事務所に連絡したときに、ダンはカネークの所在を確認しておいた。面会は求めなかったが、報告をするかもしれないということだけは、それとなくほのめかしてあった。その一言がカネークに伝わるかどうかは、ダンの問題ではない。とにかく、ダンは強引に事を運んだわけではないのだ。

公邸のゲートはフリーパスだった。カネークからクラッシャーは無条件に通せ、と命令がでているらしい。ガードマンは、ダンのＩＤカードを一瞥《いちべつ》するのと同時に、ゲートをあけてエアカーを中に入れた。

玄関前でエアカーを降り、四人のクラッシャーは足音も荒く、邸内へと歩を進めた。メイドがあわてて飛びだしてきて誰何《すいか》しようとしたが、ダンにひと睨みされて震えあがり、足を止めて口を閉ざした。

エレベータで最上階に昇った。

カネークの執務室に、ずかずかと入っていった。

執務室のソファに、カネークは腰をおろしていた。

ひとりではなかった。

アモスが同席していた。

なんの前触れもなく、いきなり執務室に乗りこんできたクラッシャーの四人を見て、カネークは顔色を変えた。ソファに腰かけたままの姿勢で、目を剝《む》いてダンを凝視した。アモスなどは、浮き足立って、半身を引いている。

「ず、ずいぶんな態度だな」

しばし声を失っていたカネークは、ややあって、せいいっぱいドスの利いたせりふを吐いた。

しかし、格好をつけたわりには、語尾がひどく震えている。

「態度がなんだって」

ダンはカネークの脇に立ち、睥睨《へいげい》するように、ドルロイの総督を見おろした。その間に、タロスとバードがダンの反対側にまわりこみ、ガンビーノはカネークの背後を抑えた。

カネークはうろたえ、せわしなく視線を左右に移した。

「筆頭秘書は何をご注進にきたんだ？」

ダンは左手であごをつまむようなポーズをとり、首を軽くかしげてカネークに訊いた。口調は淡々としているが、その中には有無を言わせぬ響きがある。

「おまえらに教えるいわれはない」カネークは必死で虚勢を張った。

「事業計画の打ち合わせだ。立ち入ったマネはするな！」

「立ち入ったマネか」ダンは口の端を歪めるようにして冷たく笑った。

「なるほどな」

怒りを含んだ目で、カネークの瞳を射た。

「…………」

カネークは唇を噛んだ。ドルロイのジュニアは、強気が裏目にでたことを悟った。ダンは激昂している。それも予想以上にだ。しかし、あとには退けない。ここで譲れば、今度は部下になめられる。

「先に立ち入ったマネをしてくれたのは、そっちの兄さんだ」

ダンはソファの上で硬直しているアモスを、目で指し示した。アモスはびくりと首をすくめた。岬での一件のあと着替えたらしく、青い半袖シャツという軽装ではない。一応、高級そうなスーツを身につけている。だが、それでも総督の秘書には見えない。ようやくチンピラからヤクザの幹部に昇格した程度である。

「クラーケン一派をドルロイから追いだす段取りが、あんたらの事業計画ってわけか」

と、ダンはつづけた。

「どうせ昼間の後始末の方法でも相談していたのだろう」

「無礼なことを言うな」

カネークが目を吊りあげた。虚勢は張ったままだが、口調は先ほどよりもずっと弱々しい。

「話は聞いているのか、それとも聞いていないのか？」

ダンはソファの肘《ひじ》かけに腰を置いた。

「なんのことだ」

「ナイマン島での恥知らずな襲撃だよ」

「まあ、輪郭だけはな」

た。


「二代目」

ダンは上体をカネークに向かって突きだした。カネークは反射的にうしろへと下がった。

「ほかでもない。あんたは先代の息子だ。できの悪い部下をかかえていても、あんただけはクラッシャーとのつき合い方を心得ているはずだ」

「ああ」

カネークはせかせかとうなずいた。

「ドルロイの再改造の依頼主はあんただ。じゃあ、それを請け負い、全面的にその仕事を仕切っているのは、いったい誰なんだろうな」

「ダン。もちろん、おまえさんだ」

「こいつの介入は俺の仕切りを無視している」

ダンの視線が、瞬時アモスに移った。

「許してやってくれ。悪気はなかったんだ」

カネークは下手にでた。ダンの勢いに押されたせいもあったが、ここは無難にまとめてひとまず切り抜けてしまおうという計算も働いていた。

「悪気がなくて、ヤクザを集めるのか？」

しかし、ダンは追い打ちをかけた。

徹底的にやる気か。カネークは、そう思った。まさか決裂を狙い、契約を破棄するつもりなのでは、とも考えた。

「あいつらはヤクザじゃねえ」ダンを制するように右手を挙げ、カネークは言った。

「ちぃっと気は荒いが、みんな堅気だ。おまえさんたちに頼んだ仕事とはべつに、こっちはこっちで再開発の準備を進めている。そのために呼んだんだ。見た目がちょいと崩れているからって、ヤクザ扱いはせんでくれ。おまえさんたちだって、あちこちでならず者と間違えられ、いやな思いをしているはずだ。そこんとこ、わかってやってくれないとな」

「二代目」ダンは応じた。

「それとこれじゃ、話が違う。あんたんとこの連中は、見た目だけがいかれてるんじゃない。中身まで腐っているんだ。俺は堅気をヤクザ呼ばわりしてるんじゃなくて、ヤクザをそう呼んでいるんだぜ」

「それは見解の相違ってもんだ」

カネークはダンの言をはねのけた。

「うちの若いもんがおまえさんたちの邪魔をしたことは謝ろう。このとおりだ」姿勢を低くし、頭を下げた。

「だがな、あいつらの件は、こっちの人事の問題になるんだ。そこまでの介入は、今度はこっちのほうが願いさげにしてもらうぜ」

「そいつは、俺たちがドルロイにいる間は、おとなしくすっこんでてくれるという証文ととっていいのかな？」

ダンは訊いた。

「そうよ」カネークはうなずいた。

「ただし、前提がある。おまえさんたちを、俺は雇ったんだ。だから、おまえさんたちがここでやれるのは、契約して請け負った仕事だけだ。それも、定められた期限までにな。よけいなマネをして期限を遅らせるようなことだけは、金輪際するなよ。それさえ知っててくれたら、こっちはもうあいつらに指一本ださせねえ」

「よけいなマネたあ、なんだ！」

タロスが頭に血を昇らせた。

巨漢のクラッシャーは拳を固めて、カネークを睨みつける。

「やめろ、タロス」

低い声で、ダンが止めた。

「しかし、おやっさん」

「いいから、やめろ」ダンは左右に首を振った。

「ジュニアと話をしているのは、俺だ。勝手にしゃしゃりでるな」

そして、ダンはカネークに向き直った。

「お互いの言い分はでつくしたようだな」ダンの物言いは、あくまでも穏やかだった。

「こっちの仕事は八分がた片づいている。下準備はすませたし、あとは最終チェックを終えて、装置を作動させるだけだ」

「けっこうな話だな」

カネークは内ポケットから葉巻を取りだし、吸い口を切って口にくわえた。アモスがすかさずライターで火をつけた。

「仕事はきちんと期限までにやる」ダンは言を継いだ。

「そのあとで、つけておきたい決着がある」

肘かけから立ちあがった。

「覚えておいてくれ」

カネークの唇から、葉巻がぽろりと落ちた。カネークはあわててそれを拾った。

「帰るぞ」

三人の仲間に向かって、ダンは言った。

重苦しい空気をあとに残して、クラッシャーは執務室から去っていった。

「ちくしょう」

怒りに頬を赤く染め、カネークはつぶやいた。

「どうしやしょう、カネークさん」

アモスが心配そうに訊いた。

「どうするも、こうするもねえ」カネークは憎しみをこめて言った。

「さっき決めたとおりにやる。すぐに手配しろ」

「じゃあ」

「俺はドルロイの総督だ。あんなカスどもに命令されてたまるか」

こめかみがひくひくとひきつった。カネークは両の拳を力いっぱい握りしめた。

葉巻が、指の中でふたつに折れた。

**2**

翌朝。

ダンは〈マイノス〉でナイマン島に向かった。

市庁舎を訪ねるという約束をクラーケンと交わしていたからだ。

キャナリーシティの郊外にある、ヘリポートに毛が生えたようなわびしい空港に着陸し、そこで型の古いエアカーを借りた。エアカーは見た目はお粗末だったが、性能は悪くなかった。

市内に入り、市庁舎を捜した。

ようやくたどり着いた建物は、およそ市庁舎という名にそぐわない外観をしていた。量産型のユニットハウスである。三階建ての一般住宅用というやつだ。開発初期の惑星に行くと、これがずらりと並んでいる。

市庁舎は、だだっ広い敷地に、それだけがポツンと建っていた。

敷地は高い塀《へい》で囲まれている。

このユニットハウスは、クラーケンが五年前、ドルロイに移住してきたときに、最初にベースとした建物だった。その後、ここを中心にして本格的な町造りがおこなわれ、キャナリーシティが誕生した。初代の市長となったクラーケンは、あらたに市庁舎を設けることを嫌い、この建物を市庁舎とした。そして二年前、カネーク・シニアが死に、ジュニアとクラーケンとの間に確執が生じはじめたとき、クラーケンは周囲のビルを取り壊して、市庁舎を塀で囲んだ。クラーケンがテロの対象となっても、市民が巻きこまれないようにという配慮からだった。

ダンはエアカーで塀を半周した。

塀には精巧な監視装置が装備されており、要所要所に自動照準のレーザーガンも取り付けられている。目立たぬように設置することもできたはずだが、これ見よがしに飾ってあるのは、あまり使いたくないからだろう。いかにもクラーケンらしい発想である。

ふたつ目の角を直角に折れると、門が見えた。

門はさすがに警戒が厳重だった。武装したガードマンが五人、門の脇に設けられた詰所で、監視装置のモニタースクリーンをチェックしている。このガードマンは専業ではない。市民のボランティアである。

ダンは門の前でエアカーを停め、銃を構えて近づいてくるふたりのガードマンのうちのひとりに、氏名と来訪の目的を告げた。ガードマンは詰所に戻り、そこのコンソールに並んでいるキーを慣れた手つきで素早く叩いた。モニターにリストが映った。ガードマンは、それを読んだ。

「予定に組みこまれている」チェックしたガードマンが、エアカーの傍らに残ったガードマンに向かって、大声で言った。

「IDカードを確認して、入ってもらえ」

門が、ゆっくりとひらいた。

「中でもう一度チェックしますからよろしく」

ガードマンが、ダンにカードを返しながら申し訳なさそうに言った。

「大仰《おおぎょう》だねえ」

エアカーが門をくぐると同時に、助手席のガンビーノが肩をすくめた。

「きのうのことを考えると、まあ当然だな」

タロスが言った。

「あんなやつら、まとめて殺しちまえばよかったんだ」

バードが物騒な発言をした。テリーの店で喧嘩を売られたバードは、カネークが集めたヤクザに激しい憎悪を抱いている。

「ヤクザはいいとして」ダンが言った。

「例の娘たちのこと、どう思う」

「水着のねえちゃんですな」

タロスが受けた。

「赤毛の子、はっきり言って俺の好みだね」

バードが割りこんだ。

「あのふたりなら、工場に忍びこんでアクメロイドを殺せるはずだ」

ダンは横目でガンビーノを見た。

「可能じゃな。十分に」

ガンビーノはうなずいた。

「新入りスタッフだって言ってましたよ」

と、バード。

「アクメロイド殺しは一週間前だ。新入りスタッフだってのが、よけいひっかかってくる」

タロスが言った。

「クラーケンが、やらせたって言うのか？」

バードはタロスのほうに首をめぐらした。

「推理のひとつさ」

タロスはいなした。

市庁舎の玄関前に着いた。

エアカーが十台ほど、乱雑に停めてある。急いでビルを撤去して造成した空地は、荒れ放題だ。舗装もしてないし、整地も完全ではない。だから、どこが駐車スペースで、どこが通路といった区別もない。

ダンは玄関に近い場所を選んで、適当にエアカーを停めた。

「再チェックてのは、庁舎の中でやるのかな」

タロスがつぶやいた。建物の外には人影がない。

エアカーから降りると、四人の男は肩を並べて瓦礫混じりの土の上を進んだ。

以前はキャナリーシティのメインストリートに面していたらしい玄関の前に立った。

玄関の扉は軽合金製で、ドアノッカーがぶらさがっている。扉の右横には小さな窓がひとつ。やはり軽合金製のサッシにはまっているのは、防弾のスモークトガラスだ。ひさしの隅には、もちろんテレビカメラが設置されている。

「これをぶっ叩くのか」

タロスがドアノッカーを握った。

「こいつ以外は、みんな骨董品《こっとうひん》だ」

バードがテレビカメラを見あげながら言った。

「派手に呼びだしてやろう」

タロスがノッカーを握ったまま腕を高く振りあげた。

そのときだった。

扉の向こうで、異様な音がした。

悲鳴とも金属音ともつかぬ甲高い音だった。

「バード！」

ガンビーノがバードの腕をつかんで、下に引き倒した。バードは窓の正面に立っていた。

バードが玄関前に転がるのと同時に。

防弾ガラスが真っ赤に灼けた。

変形し、砕けた。

熔けたガラスが四散する。熱線がほとばしる。

「うわっち！」

タロスが飛びすさった。

ダンが腰のホルスターから、レイガンを抜いた。

扉を垂直に灼き裂いた。

「ざけやがって！」

タロスが体勢を立て直した。光線が途切れるのを待って、前にでた。

身を低くし、腕で頭をカバーして扉に体当たりする。

一撃だった。

扉が破れ、ふっ飛んだ。

勢いが殺せない。

そのまま、たたらを踏むようにして、庁舎の中に転がりこんだ。レイガンを構えたダンが、あとにつづいた。

「はよ、起きんか！」

ガンビーノがバードをせかした。倒されたり、起こされたり、バードは忙しい。

「ほれ、行け」

立ちあがったバードの背中をガンビーノが押した。

ガンビーノの盾《たて》がわりにされて、バードは庁舎に突入した。

## 3

庁舎の内部は、白煙に包まれていた。

視界が、ほとんどない。

バードはセオリーどおり、床に這《は》いつくばった。煙に巻かれたら寝ころぶに限る。煙は床ぎりぎりまでは下がってこない。十センチくらいは隙間があく。

左右にダンとタロスがいた。ふたりとも床に腹這いになっている。バードと違うのは、ガンを抜き、壁際や調度の蔭に身をひそめていることだ。バードもあわてて肘を使って移動し、玄関ホールの隅にからだを寄せた。バードにぴったりくっついて庁舎に入ってきたガンビーノは、いつの間にか姿をくらませている。

空気が流れはじめた。

扉の横の窓が破れたからだろう。白煙が渦を巻き、徐々にだが薄れていく。

どこかで音がした。

ドラムの乱打にも似た騒がしい音。

床を踏み鳴らす靴音だ。それに揉《も》み合うような気配が加わり、争う声やかすかな悲鳴も混じっている。

「上だ！」

誰かが叫んだ。

ガンビーノの声だった。

どこをどう動いたのか、ガンビーノがずうっと奥のほうに進んでいる。

光条が走った。

源は判然としない。光の糸が、白煙で拡散されている。

タロスとダンが動いた。床を蹴り、滑るように前進した。

ホールから通路が伸びている。

通路の途中に、階段があった。ガンビーノが、その手前で身を丸くしていた。

ダンとタロスがガンビーノに合流した。少し遅れて、バードもやってきた。

「男だ。黒っぽい服を着ておった」ガンビーノが言った。

「ここを占拠して、一階を固めておったらしい。窓越しに撃ってきたのは、あいつだろう」

「ふたりばかり、あっちに倒れていた」バードが背後を指し示した。

「ちらっと見ただけだが、ここの職員のようだ」

「一気に突っこむぞ」ダンは仲間の顔を見渡した。

「とにかく上のフロアに行く。どうせ狙いはクラーケンだ。手遅れかもしれんが、敵はひとりも逃がすな」

「おもしろくなってきたぜ」

タロスがにやりと笑った。もう壁の角から、階段に向かって半身を乗りだそうとしている。

「その前に、こいつじゃ」ガンビーノが腰のポケットから光子弾を取りだした。

「標的にされたら、かなわんからの」

無造作にピンを引き抜き、それを階段にひょいと投げこんだ。

とたんに、光線が殺到する。光線は束になって降りそそぎ、階段下の通路を華々しく灼いた。

光が爆発した。

光子弾は熱も爆風も伴わない。強力な光だけが何秒もつづく。

白い光球が、丸く広がった。空間をまばゆく埋め、それを見るものの目から容赦《ようしゃ》なく視力を奪う。

「ひいっ！」

悲鳴があがった。ひとりではない。何人もの苦悶の声。強烈な光に、一瞬にして瞳を灼かれた。

攻撃が熄《や》んだ。

まずタロスが、そして、バード、ダン、ガンビーノが階段を駆け昇った。四人とも専用のサングラスで目を覆っている。もちろんレイガンを構えており、姿勢も十分に低い。

分厚い光のベールをかきわけて、二階のフロアに躍りでた。

ヤクザが三人、目を両手で押さえて、呻《うめ》きながら転がっている。

「やっぱり、こいつらか」

タロスが、その三人をつぎつぎと蹴り倒した。激しい苦痛から一時的にでもかれらを救ってやろうという慈悲の行為だ。

「この階じゃないぜ」

手早くフロアを駆けめぐってきたバードとガンビーノが、ダンに報告した。このユニットハウスは個人用簡易住宅としては大型だが、市庁舎として使用するには、あまりにも狭すぎる。部屋も一フロアに三室しかない。かれらは、それを全部覗いてきた。

「職員は皆殺しだ。電話機なんかも、みんな壊されている」

目を吊りあげて、バードが言った。

「舞台は三階か」

うなるようにタロスが言った。そう言ったときにはもう、巨漢のクラッシャーは階段を昇りはじめている。

踊り場まで達したときだった。

いきなり上のほうが騒々しくなった。

タロスは身構え、壁際にからだを寄せた。

怒号と乱闘の音が重なる。

上のフロアでは、かなり派手な一戦がおこなわれているらしい。

進むか、待つか。

と、タロスが迷ったとたんに、

「ぎゃっ！」

けたたましい声を発して、黒い影がごろごろと落下してきた。

鈍い音を響かせて、影は踊り場の床に激突した。

影は人間だった。

ふたり。ひとりは頭から床に落ち、ひとりは、相手のからだをクッションがわりに使った。

頭を打ったほうは、動かない。

もうひとりは、ひらりと軽やかに立ちあがった。

タロスはレイガンを突きだした。

向こうも、銃を構えた。

距離はほとんどない。互いの武器が胸もとを狙い合う。

「おっと」

「あら！」

タロスは目を剝《む》いた。

相手も、びっくりしている。

赤毛のボーイッシュな美人。

水着の娘の片割れだ。もっともいまは水着姿ではない。タンクトップにショートパンツというトロピカルな姿だ。そして、右手にはヤクザからもぎとったらしい大型のヒートガンを握っている。その持ち主とおぼしき男は、タロスの足もとで息絶えている。

「何があった？」

タロスは訊いた。

「襲ってきたのよ。運送屋に変装してきて。八人いたわ」

赤毛の娘は階上を振り仰ぎながら、早口で答えた。

タロスは庁舎の前に停まっていたエアカーの中に、ワゴンが一台混じっていたことを思いだした。

「ちっ！」

娘が舌打ちした。

と、同時にタロスに飛びかかった。

タロスは不意を衝《つ》かれた。

バランスを崩し、赤毛の娘をかかえるような姿勢で、尻餅《しりもち》をついた。

三階から降ってきた一条の光線が、たったいままでふたりが占めていた空間を白く切り裂いた。

娘がヒートガンのトリガーボタンを押す。

熱線がほとばしった。

階段の一部を灼くが、そこにはもう誰もいない。

「あたしはケイ。そっちは？」

娘が振り返って訊いた。ケイはタロスに乗っかったままだから、ふたりの顔は十センチと離れてはいない。

「タロスだ」

突然の異常接近に少しとまどいながら、クラッシャーは名乗った。

「タロス、あたしを援護して！」

ケイはするりとタロスの腕から抜けた。

「戻るのか？」

「ユリがひとりでクラーケンを守ってるのよ！」

ユリというのは、黒髪の娘のことらしい。

「俺が行く」

タロスは言った。いくらなんでも、女の子を先には行かせられない。

「けっこうよ」

ケイはにべもなく応じた。

「そうはいくか！」

タロスも譲らない。

「どうした？」

ダン、バード、ガンビーノがやってきた。

「この人ってば、あたしの邪魔をするのよ」

タロスが答える前に、すかさずケイが口をひらいた。

「この俺に援護しろと言うんでさぁ」

困ったように、タロスも訴える。

「なるほどな」

ダンはケイを一瞥《いちべつ》した。大型のヒートガンは体格には合っていないが、構えのほうは、いかにも使い慣れているという感じがする。

「いいだろう」ダンは言った。

「援護は俺たちがやる。ふたりで行け」

「まっ」ケイが目を丸くした。
「すごい折衷案《せっちゅう》」
しかし、異存はなさそうだ。
タロスは黙って肩をそびやかした。
決まれば、行動は速い。
三人が階段の中央に並び、左右の端にタロスとケイがへばりついた。
ダンの合図で、いっせいに撃ちまくる。
タイミングをはかって、タロスが階段を昇りはじめた。
ケイも遅れじとつづく。
競争になった。

## 4

出だしのぶんだけタロスが先に、三階のフロアに転がりこんだ。
床に滑りこみ、レイガンを乱射する。
ケイがきた。
タロスに並んだ。

「やるじゃない」

タロスのほうを見て、にっこりと笑った。

ざまァねえな。

心の裡《うち》で、タロスはぼやいた。こんな小娘相手にむきになって誉《ほ》められている。二十年近いクラッシャーとしてのキャリアが泣こうというものだ。

「こっちよ」

ケイがからだを起こした。ひざまずき、壁にぴたりと身を寄せる。敵は、すぐ先の部屋にこもっていた。タロスとケイが強引に三階のフロアにあがってきたものだから、あわてて逃げこんだのだろう。ときおり腕だけをドアから外に突きだして撃ってくる。狙いは雑だが、テンポが速い。ひとりではなくて、ふたりだ。ケイの言うとおり、敵の総数が八人だとしたら、残りはあと四人。こっちにふたり。ユリとクラーケンのところにもうふたりという勘定になる。

タロスはケイの援護にまわった。いや、まわらざるを得なかった。先に行かれてしまったのでは、拒否もできない。

「置いてけぼりか」

ダンがきた。むろん、バードもガンビーノも一緒だ。からかったのは、ガンビーノである。

「見せ場はこれからだ」

タロスは鼻を鳴らした。

レイガンを構え、いきなり立ちあがって、ふらりと通路の中央にでた。

あまりにも大胆な行動である。

援護のしようもない。

腕が突きだされた。敵のガンがタロスを捉える。

トリガーボタンが押される瞬間。

タロスは跳んだ。

宙を舞い、一回転する。

床に落ち、ジグザグに転がってドアの直前に達した。

敵は必死でタロスを狙った。狙ったが、その動きが意表を衝いていて、どうしても追いきれない。

タロスが跳ね起きた。

部屋の中にレイガンの乱れ撃ち。

光線を撒《ま》き散らしながら、しゃにむに飛びこんでいく。

「あきれたね」

ケイは走った。これは無謀などというレベルではない。滅茶苦茶である。まねしたら、命がいくつあっても足りなくなる。

タロスの突貫でひとまず敵の攻撃が鎮《しず》まったので、ケイはヒートガンを振りかざし、タロスのあとを追って部屋の中へと突入した。

「バード」ダンが言った。

「おまえはタロスのカバーに行け。俺はガンビーノとクラーケンを捜す」

「へい」

バードはリーダーの指示に従った。

「こい。ガンビーノ！」

ダンは通路を直進した。

突きあたり右手が、市長の執務室だった。

ドアがあけ放しになっており、中に人の気配が感じられる。

ドアをはさんで左右に張りつき、様子をうかがった。

小さな破裂音がしきりに響く。

撃ち合いの音だ。高温で灼かれた壁や調度品が、弾けて裂ける音。

ダンはガンビーノを見た。目が合った。わずかにあごを引いた。

それが合図になった。

頭から室内に向かって、ダイブした。

胸から突っこんで左腕で床を叩き、受身をとる。レイガンを持った右手は、いつでも撃てるように伸ばしたままだ。

敵を捜す。

正面には、敵がいない。

ダンの左後方だった。

素早く首をめぐらすと、執務机のバリケードと、それを乗り越えてその内側にヒートガンを撃ちこもうとしているヤクザの姿が視野に入った。

瞬時に情勢を分析した。

襲われたあと、ユリとクラーケンは机をひっくり返してバリケードを築いた。

ケイは部屋の外に逃げて脱出すると見せかけ、敵の多くを自分のほうに引きつけた。

ユリとクラーケンはバリケードの内側にこもって、残った襲撃者を相手に激しい戦闘を繰り広げた。しかし、敵は距離を詰め、バリケードを強行突破しようとした。

いまはまさに、その瞬間なのだ。

ダンの右手が方向を転じた。

指がトリガーボタンをプッシュした。

同時にダンは身を躍らせた。

レイガンの光線が、ヤクザの左肩を灼いた。

ユリがバリケードの中で立ちあがり、手にしていたレイガンの銃口をヤクザの顔面に向けた。ヤクザの銃口も、ユリの頭部を狙っている。

ダンが与えた一撃は致命傷ではない。

このままだと、よくて相討ち。

ダンはバリケードに体当たりした。

執務机が大きく揺らぎ、その上に乗っていたヤクザのからだが見事にバウンドした。

ユリとヤクザが、互いに撃ち合う。

狙いは、どちらもそれた。

ダンが跳んだ。

レイガンを発射したいが、ユリとヤクザが接近しすぎている。

ヤクザに飛びかかった。

体重を預け、重なり合って、バリケードの内側に落下した。

ヤクザは頭から落ちた。頭蓋骨が、ぐしゃりと潰れた。激突の衝撃で、ダンは水平に跳ね飛ばされた。

そこに、ユリがいた。

ダンとユリが、からんだ。

もつれ合って、転がった。

仰向けに倒れたダンの上に、ユリが落ちてくる。

ダンがユリを受け止めた。

向かい合って抱き合う格好だ。

ユリは四つん這いになった。両手、両足がダンのからだをまたいでいる。ユリが着ている服は、ベアトップとショートパンツが一体になったパイル地のオーバーオール。下着は、スキャンティしか身につけていない。

「あん！」

ユリは真っ赤になった。白い肌が紅に染まった。

ダンは動じなかった。年齢から見れば、ユリは娘ほどの女の子である。

「こりゃ、どうも」

肩をつかみ、ひょいと脇にのけた。

「クラーケンは？」

起きあがりながら訊いた。

「え……あ……その……」ユリは、まだどぎまぎしている。

「奥に。撃たれて」

ようやく、それだけ言えた。

「撃たれてる？」

ダンは眉をひそめ、ユリの示したほうに視線を移した。

ソファとサイドボードとでできた空間に、クラーケンが倒れていた。ヒートガンで撃たれたらしい。背中から腰にかけてが黒く炭化している。息はあるが、かなりの重傷だ。

「よう」バリケード越しに、ガンビーノが顔を覗かせた。

「こっちは片づいたぜ」

もうひとりのヤクザを始末したと言っているのだ。

「手を貸してくれ」ダンは言った。

「クラーケンがやられた。病院に運ぶんだ」

「そりゃ、たいへん」

ガンビーノはあわててバリケードの上に登った。

「完全に虚を衝かれたのよ」ユリがつぶやくように言った。

「モニターで確認したけど、運送屋にしか見えなかったわ。それが、いきなりここになだれこんできて、クラーケンを撃ったの」

「わかった。詳しい話はあとで聞く」ダンはユリに目をやった。

「とにかく、クラーケンを外にだそう」

「ええ」

ユリは小さくうなずいた。

クラーケンを、ダンが背負った。

レイガンを構えたユリが先頭に立ち、慎重に歩を進める。そのつぎがダン。最後にやはり銃を構えたガンビーノが、珍しく険しい表情でつづいてくる。

執務室をでて、通路をゆっくりと移動した。

フロアは静まりかえっている。

左手のドアから。

これまたそろそろと、ヒートガンを手にしたケイがあらわれた。

タロスとバードも一緒だ。

「ケイ！」

ユリが叫んだ。

「ユリ、無事だったの！」

ケイは両手を広げた。

ユリがケイにしがみつく。

「ユリ」ケイが言った。

「顔が赤いし、ほてってるよ。大丈夫？　どっか撃たれたんじゃない」

怪訝《けげん》そうにユリを見る。

「どうってことないわ」ユリは、かぶりを振った。

「それより、ほかの連中は？」

「みんな片づけちゃった」ケイはうしろを振り返った。

「あたしとタロスとで」

「俺の獲物なんか、ありゃしない」

　バードが、ぼやいた。

「すぐに病院に行く」ダンが硬い声で言った。

「クラーケンが撃たれた。こっちの始末は、ガンビーノとタロスでやれ」

「あたしが案内するわ」ユリが言った。

「クラッシャーが怪我をしたクラーケンを病院に連れてったら、大騒ぎになっちゃう」

「じゃあ、あたしがこっちに残るよ」ケイが、つけ足すように言った。

「このままじゃ、こっちだって大騒ぎは免れっこないもの」

　二手に分かれた。

　合流できたのは、五時間後だった。

## 5

〈マイノス〉はミストポリスをめざしていた。

陽は、とうに落ちている。

コクピットには、忿怒《ふんぬ》に燃えるクラッシャーが四人。

今回の一件のあらましは、ケイとユリから聞いた。

ダンたちが、市庁舎に着く十五分ほど前だった。一台のバンが庁舎を訪れた。ミストポリスに本社のある運送会社のバンで、テラからの緊急便を届けにきたのである。緊急便は小荷物で、送り主は地球連邦政府の国家移民局であった。

総督のリコールを考慮しているクラーケンにしてみれば、いわくありげな小荷物である。送り状は本物で、正規の通関手続きも、間違いなくおこなわれていた。

警備にあたっていたガードマンは、正門通過の許可をバンに与えた。

小荷物は耐ショックコンテナに納められており、バンに同乗してきた八人の男が、それをうやうやしくバンの荷台から引きずりだした。

庁舎玄関前での職員による再チェックでも、不審なところはなかった。コンテナは大きくかさばっていたし、そこかしこに〝重要〟のスタンプが押されていた。ここまで大仰だと、ものものしい警戒ぶりも、ごく自然なことのように思われる。クラーケンとともにモニターで様子を見ていたケイとユリも、こんなものだろうと納得していた。

八人の男は、コンテナをホバーカートに積みこんで、庁舎の中に運び入れた。

それから一分と経ってはいない。

だしぬけに、クラーケンの執務室のドアが破られた。

五人の武装したヤクザが乱入してきて、ヒートガンを手当たり次第に撃ちまくった。

ケイとユリは、その不意打ちをあやうくかわした。

しかし、クラーケンはよけきれなかった。

熱線に腰を灼かれた。

ユリがすかさず執務机をひっくり返し、バリケードを築いた。ケイは巧みに包囲網を抜け、ヤクザのひとりを殴り倒して、部屋の外に逃げた。ついでにヒートガンも奪った。

激しい攻防戦になった。

そのさなかに。

ダンたちが市庁舎へとやってきた。

「きのう、おたくらカッコいい啖呵《たんか》を切ったわよね」ケイが皮肉たっぷりに言った。

「その揚句《あげく》が、こういうことなのね」

「ケイったら、やめなさいよ。この人たち、契約しちゃって、身動きできないのよ」

ユリがかばった。その言葉が、さらに痛烈な皮肉になった。

面目を失い、キャナリーシティの市民すべてが放つ冷たい視線をたっぷりと浴びて、ダンたちは帰途についた。

全治六か月の重傷ではあったが、クラーケンが一命をとりとめたことだけが、朗報であった。

「あとさきのことなんか、どうでもいい。殺《や》っちまいやしょう」

頬をひきつらせて、タロスが言った。

「刑務所も悪かねえですぜ」

バードに至っては、すっかりひらきなおっている。

ダンは沈黙を押し通していた。病院をでてから、まだ一言も口をきいていない。

「殺してすませようというのなら、ヤクザもクラッシャーも変わらんことになるぞ」

ガンビーノが、薄い髭《ひげ》をなでつけながら言った。

「面子《めんつ》をつぶされたんじゃ、この世界では生きていけない」タロスが反駁《はんばく》した。

「笑いもんになって、放りだされる。そんな目に遭《あ》うくらいなら、きっちりケジメをつけてやりてえや」

〈マイノス〉の操縦桿は、タロスが握っている。ダンはタロスのとなりの席に着いている。タロスは横目でちらとチームリーダーを見やった。

相変わらず、石のような表情だ。

一点を凝視し、口を固く閉ざしている。

なんらかの決意を秘めているようだが、それが何かは、その表情からはまったく読みとれない。

ミストポリス市内へのヘリポートに到着した。

カネークの事務所のエアカーではなく、タクシーを呼んだ。

ダンの沈黙は、まだつづいている。

行先だけ、タクシーの運転手にぼそりと告げた。

「総督公邸」

公邸のガードマンは、きょうもゲートをフリーパスで通した。ただし、一言だけ、さりげなくつけ加えた。

「総督はお留守ですよ」

いないのは、カネークだけではなかった。

筆頭秘書も、メイドも、さらにはコックまでもが行方をくらませていた。

まとめて、どこかへ逃げてしまったのだ。

きょうの一件で、ダンがどう行動するかを予測したらしい。

ひと気のない公邸のホールで、クラッシャーはなすすべもなく立ち尽くしていた。

ガードマンは事情を何も聞かされていない。主の失せた公邸をのんきに警備している。

「捜しにいきやしょう」タロスが言った。

「どうせ、ドルロイのどっかにいるんだ。手懸りを丹念にあたれば、じきに捕まりますさあ」

「丹念にあたる手懸りってなんだ？」

バードが訊いた。

「事務所のやつとか、ミストポリスの有力者よ。海ばっかりのドルロイだ。身を隠せるとこが、やたらとあるわけじゃない。ちょいと脅かせば、立ちまわりそうな場所のひとつやふたつ、すぐに聞きだせらあな」

タロスは、鼻息荒く応じた。

「そんな手間は要《い》りませんよ」

唐突に、異質な声が会話に割りこんだ。

四人はいっせいに首をめぐらした。

ホールの突きあたり、メインの通路の右側に小さな扉があった。

その扉の前に、クリーム色の作業着を着た初老の小柄な男がひとり、ぽつねんと立っている。

アクメロイド開発主任のザルバコフだ。

「ジュニアをお捜しだそうですね」ザルバコフは、ざらついた声で言った。

「わたしがお役に立てるかもしれません」

「知っているのか？　カネークの行方を」

タロスが一歩、前にでた。

「存じませんが、てだてはございます」

「どういうことだ？」

タロスの眼が、糸のように細くなった。

「工場のほうへおいでください」

ザルバコフは壁にそっと手を置いた。扉が滑らかに横にスライドした。開発主任の物腰は、嫌味に感じられるほど慇懃《いんぎん》である。

「ご説明申しあげましょう」

扉を指し示した。

扉の向こうには、六人乗りの電動カートが待っていた。

## 6

白い通路を抜けて、工場にでた。

だだっ広い倉庫のような場所だ。しかし、防塵システムなどは完璧だった。カートは三度も停止して消毒され、そのつどクラッシャーたちも、ゴミやほこりを全身から吸いあげられた。もちろん、紫外線による滅菌もおこなわれた。とどめは小さなコップに入った薬液で、すえたような匂いのするこの液体を、四人はザルバコフの指示でむりやり飲まされた。ガンビーノはアルコールで割ってくれと頼んだが断られ、顔をしかめ、悲鳴をあげながら飲み干した。

内も外もすっかり清潔になって、四人のクラッシャーはカートから降り立った。がらんとした工場をひとわたり見まわす。

大型の機械や、ベルトコンベアーなどの設備が隅のほうに並んでいる。床からは、人の背丈の倍ほどもある用途不明の円筒形の突起がいくつも突きでている。製品はどこにもない。技師や作業員などの人影も、まったくなかった。

「これが工場かね?」ガンビーノがザルバコフに訊いた。

「これじゃ、まるで体育館だわい」

「アクメロイドの量産工場です」ザルバコフは言った。

「まだ稼働していないので、このようになっているのです」

「それで、アクメロイドの工場になんの用があるんだ」タロスが、いぶかしむような目を開発主任に向けた。

「俺たちが捜しているのはカネークだ。アクメロイドじゃない。それとも、やつが、ここにひそんでいるとでも言うんじゃないだろうな」

「滅相もない」ザルバコフはかぶりを振った。

「ここに案内したのは理由があります。ジュニアはアクメロイドに賭けておいででした。アクメロイドの開発は、ジュニアのすべてだったといっても過言ではありません」

「…………」

「ですからジュニアは、その開発状況をいついかなるときでもモニターされていました。どこに行かれようと、直通の回線で、進捗《しんちょく》の様子をチェックされていたのです」

「すると、その回線が」

「この工場にございます」

「そいつは、逆探知できるのか？」

タロスはザルバコフに詰め寄った。逆探知できれば、カネークの居場所は簡単に割れる。

「不可能ではありません」

開発主任はきっぱりと答えた。

「回線は、どこだ！」

「あちらへ」ザルバコフは工場の真ん中あたりを示した。

「円柱の突起に囲まれたフロアにお進みください」

「あそこだな」

ザルバコフにうながされ、四人は指示された位置へと移動した。

ザルバコフは動かない。
「このへんか?」
先頭を歩いていたタロスが足を止めた。
振り返って、ザルバコフの姿を捜す。
いない。
「ちっ」
舌打ちした。様子が、おかしかったが、やはり……。
戻ろうとした。
そのときだった。
円柱の一部が、音もなくひらいた。
横にスライドし、矩形《くけい》の口を大きくあける。
ひらいた円柱は一本だけではない。タロスは四方に素早く視線を走らせた。
四人のクラッシャーを取り巻く六本の円柱が、すべて口をあけていた。
その口の中から。
何ものかが、ゆっくりと姿をあらわした。
クラッシャーの間に、強い緊張がみなぎった。
あらわれたのは。

アクメロイド。

ひとつの円柱から一体ずつ、計六体。いずれも、レオタードとも水着ともつかぬきわどい衣装を身につけ、艶然《えんぜん》と微笑《ほほえ》んでいる。それぞれタイプが違うのだろうか。髪や肌の色、それに表情、あるいは骨格までもが微妙に異なっている。

しかし、六体すべてに共通しているところもある。

その最大のものは。

美。

美しさだ。

人の手になる機械人形と承知していても、アクメロイドは美しい。美しさに目がくらみ、凝視していると名状しがたい息苦しささえおぼえるようになる。が、視線はどうあっても、そらすことができない。ひとたび目をそらしたら、もう二度とこの美しさにはめぐりあえないのでは、と思って言いしれぬ不安にかられてしまう。

それほどに、アクメロイドは美しい。

「とんでもねえものをつくりやがって」

タロスがうなるように言った。

六体のアクメロイドが、クラッシャーを包囲した。

じりじりと間合いを詰めてくる。

その動きは、わずかにぎごちないが、あくまでも、優美でしなやかだ。人間に似せることだけを追求した最高級のアンドロイドといえども、これほどの気品を表現することはできないだろう。

アクメロイドは、クラッシャーから二メートルほどの距離を置いて、ぴたりと停止した。

さすがに、その止まり方は、人間離れしている。

「何をする気だ」

バードがつぶやいた。

「サービスでもしてくれるのか」ガンビーノが言った。かれひとりが緊張もせず、のんびりとしている。

「こんな場所では、わしは恥ずかしいよ」

右手で頭を掻き、うつむいた。

と、みるや。

そのまま前のめりに倒れた。

くるりと背を丸め、滑るように床を転がっていく。

あっという間にアクメロイドの足もとを抜け、その背後にまわった。

からだを起こすと、もうレイガンをホルスターから抜いている。

ガンビーノの特技だ。

二体のアクメロイドが上体をひねった。

右腕をまっすぐ伸ばし、拳を握った。アクメロイドは中指に指輪をはめている。

その指輪がガンビーノに向けられた。

指輪が光った。

二条の光線が、白く交差した。

光線はガンビーノの肩をかすめて、床を灼いた。

レーザービームだ。

指輪を発射口にして、本体がアクメロイドの右腕全体に納められている。

ガンビーノは飛びすさって、光線から逃げた。応戦したかったが、アクメロイドの向こう側には、仲間が立っている。

残る四体のアクメロイドが腕を前に突きだした。

狙いは包囲の中心にいるダン、タロス、バード。

「跳べ！」

ガンビーノが叫んだ。

声が届くやいなや。

三人はジャンプした。

同時に、ガンビーノはトリガーボタンを押す。

低く構え、横に薙《な》いだ。

光条が、アクメロイドの足を払う。

アクメロイドは、瞬時、バランスを失った。

倒れるまでには至らなかったが、レーザーは発射できなかった。

床に降り立ったクラッシャーが、手近なアクメロイドに体当たりした。

三体のアクメロイドが跳ね飛んだ。

クラッシャーは散った。一か所に固まっていては不利だ。ガンビーノも素早く移動した。

アクメロイドが体勢を立て直し、あとを追う。

ガンビーノとタロスに二体ずつ、ダンとバードに一体ずつと、六体のアクメロイドは細かく分かれた。

腕を突きだし、レーザーを撃ちまくる。

もう遠慮はいらない。クラッシャーも反撃する。

「こりゃ、アクメロイドじゃなくて、バトルロイドだな」

ガンビーノはぼやいた。

アクメロイドはレーザーが命中しても、さほどのダメージを受けない。人造皮膚が黒く焦げる程度だ。

美しい肌が傷《いた》むのを見たくないが、ガンビーノも命懸けである。容赦はできない。

「うあっ！」

悲鳴があがった。

タロスだった。

二体のアクメロイドに追われたタロスは行手をさえぎられた。それをかわそうとして一瞬、隙をつくった。

アクメロイドは、それを見逃さなかった。

タロスの左前腕部を光条が擦過《さっか》した。

「ちくしょうめ！」

タロスはやけくそになって、迫ってきたアクメロイドにつかみかかった。

突きだしている腕を把《と》り、力まかせに床に叩きつけた。

首が折れ、腕がちぎれた。

意外にもろい。

やはり、繊細な精密機械人形なのだ。

突破口がひらけそうだった。

# 7

光条が、タロスの首筋をかすめた。

もう一体のアクメロイドが、タロスの背後にまわりこんでいる。彼女が、指輪のレーザーを放った。

破壊したアクメロイドを叩きつけたときの姿勢のまま前かがみになっていたタロスは、からだを丸めてくるりと転がった。

パルス状に光線がくる。タロスは止まらない。どこまでも転がりつづける。

行手に、べつのアクメロイドがいた。ガンビーノを追った二体のアクメロイドの片割れだ。巧みに攻撃をかわすクラッシャーに気をとられて、アクメロイドはタロスの接近をキャッチしていない。

タロスは転がりながら、そのアクメロイドの足首をつかんだ。

張りのある、ほのかに温かい人間の肉の感触。

つくりものだと言いきかせて、タロスはアクメロイドを引き倒した。

バランスを失い、アクメロイドがタロスの上に崩れ落ちてきた。

光線が、そのアクメロイドの腹を灼いた。

反動を利して、タロスが立ちあがった。アクメロイドの足首は放さない。つかんだままだ。

開発にあたった連中は重量にも気を配ったのだろう。体重は五十キロ前後。ふつうのアンドロイドの半分もない。しかし、そのぶんだけアクメロイドは華奢《きゃしゃ》なのである。

タロスはアクメロイドを引き抜くように持ちあげ、両足を脇にはさんで、そのボディを軽々と振りまわした。

指輪のレーザーを突きだしたアクメロイドは、タロスに狙いをつけようとしているが、仲間のからだに阻《はば》まれて、それができない。

タロスは手を放し、かかえこんでいたアクメロイドを無造作に投げ捨てた。

アクメロイドは一直線に飛び、レーザーを発射しかけていた仲間に正面から衝突した。

二体のアクメロイドは、重なり合って床に落ちた。

腕がちぎれた。

首がもげた。

おびただしい量のオイルが噴出し、周囲に飛散した。からみ合った二体のアクメロイドはオイルにまみれて白い肌が黒く染まった。

「か弱いねえ」

タロスはてのひらを音高く打ち鳴らした。

と、その音に呼応するかのように。

タロスに投げつけられたアクメロイドが、むくりと起きあがった。

ぎくしゃくと動き、中腰になって首をめぐらす。

タロスと目があった。

オイルで真っ黒になった顔の中心で、瞳が鋭い光を放っている。

このアクメロイドは無傷だ。少なくとも外傷はない。腕がとれたのも、首が飛んだのも、もう一体のアクメロイドのほうである。

美しい肢体をオイルで汚したアクメロイドが、タロスの正面に蹌踉《そうろう》と立った。

「タフなねえちゃんも、いるってことだ」

タロスはホルスターからレイガンを抜いた。ショックでバランサーが狂ったのか、アクメロイドは動きが鈍い。

タロスは相手の右手中指を狙った。

くぐもった音がして、小さな火球がアクメロイドの右手の手首から先を丸く包んだ。

指輪に仕込んであったレーザーガンが、光線に切り裂かれて爆発した。

「とはいえ、いくらタフでも急所はある」

タロスはきびすを返した。火器を失ったアクメロイドは、ただの精巧なマネキン人形である。放っておいても害はない。

タロスはフロアを素早く移動した。

YAS.

何をすべきか考えた。

答えは瞬時にでた。

ダンもガンビーノもバードも、それなりのやり方で、アクメロイドをあしらっている。いまは仲間に加勢するときではない。それよりもほかに、やらねばならぬことがある。

ザルバコフだ。

アクメロイドの開発主任を捕まえて、絞《し》めあげる。

ザルバコフは工場の入口と円柱の真ん中あたりで忽然《こつぜん》と姿を消した。べつに超能力を持っているわけではないのだ。手品には必ず種がある。

タロスは消える前にザルバコフが立っていた場所に進んだ。

何もない。

だだっ広い工場の中ほどではなく、壁寄りの位置だが、といって壁に近いというポジションでもない。壁には扉が切ってある。しかし、あの一瞬の間にあそこをあけて飛びこむのは不可能だ。タロスがザルバコフから目をそらしたのは、ほんの一、二秒である。

タロスはかかとで軽く床を蹴った。

鏡のように磨きあげられた特殊素材の床が、乾いたうつろな音を響かせた。

「なるほどね」タロスは口の端に薄い笑いを浮かべた。

「ドルロイの職人は仕掛けに凝《こ》りたがる」

右手に握ったレイガンの銃口を床に向けた。

その手が。

いきなり真上に跳ねあがった。

トリガーボタンを押した。

いったん床を狙ったのはフェイントだった。レイガンの光条は、天井に向かって走った。

天井には、丸い円盤状のカプセルが下がっていた。見たところ、空調の送風コントローラーのようだったが、このカプセルに限ってはそうではなかった。

光線が、カプセルの外鈑《がいはん》を灼いた。

火花が散り、煙が噴きだす。

タロスはカプセルを、その外形ラインに沿うように丸く灼いた。缶詰の蓋《ふた》を切り開ける要領だ。

金属ではなく、特殊な樹脂で造られていたらしいカプセルは、あっけなく灼き裂かれた。

あとわずかで、カプセルの底に直径一メートルくらいの穴があく。

その寸前。

甲高い音が弾けた。

音と同時に。

カプセルの底がひらいた。

外側に向かって勢いよく。

タロスが穿《うが》とうとしたのよりももうひとまわり大きい穴が、カプセルの底に生じた。

光線が、カプセルの開閉装置を破壊したのだ。

悲鳴があがった。

黒い影。

穴から飛びだした。

うごめきながら、影は落下する。

人だ。

両手両足をじたばたと振りまわしている。

落下地点には、タロスがいた。タロスは腕を組み、笑いを浮かべたまま、まっすぐに落ちてくる人影を悠然《ゆうぜん》と見据えている。逃げようとはしない。まるで頭上に降ってくるのを待ち受けているかのようだ。

人影がタロスに迫る。

タロスは、それが誰なのかを確認した。

恐怖に顔をひきつらせて落ちてくるのは。

ザルバコフだ。

床まで、あと数メートル。だが、その前に開発主任はタロスに激突する。

制動がかかった。

タロスは重力の変動を感じた。

ザルバコフがたまらず装置をオンにした。

落下速度が鈍った。

あたかも西風ゼピュロスに運ばれるプシケのように、というと譬《たと》えが美しすぎるが、まさに、そのようにザルバコフは空中で不可視の力にからだをやわらかく支えられた。

「やはりな」

タロスは一歩うしろに下がった。

その目の前に、ザルバコフがゆっくりと降りてきた。

半回転して、足から床の上にふわりと着地した。

タロスが額にレイガンの銃口を突きつけた。

「ぜいたくだぜ、おっさん」タロスは言った。

「重力制御装置はくそ高いんだぞ。いくら莫大《ばくだい》な開発費をもらってるといっても、こんなところに埋めこむなんてのは無駄遣《づか》いもいいとこだ」

おそらくは宇宙船用の重力制御装置であろう。それを工場の床下に設置して、リモートコントロールで作動させた。〇・二Gの重力下では、ザルバコフが軽くジャンプしただけでも優に天井に届く。天井には空調機器に見せかけたカプセルを吊るしておき、その中に身をひそめれば、まず発見されることはない。床下の重力制御装置に気づかれない限りは。

「止めるんだ、あのしとやかなねえちゃんたちを」

タロスはトリガーボタンに置いた指をかすかに震わせた。

はずみで押すこともあるぞ、という嚇《おど》しだ。

「で、できない」ザルバコフは首を左右に振った。

「アクメロイドは攻撃用のプログラミングで動いている。ここにいては無理だ」

「受けない冗談は命とりだぜ」

タロスは銃口をザルバコフの額に押しあてたまま力をこめて、ぐいとひねった。

「コンピュータはあっちにある」

痛みに顔をしかめて、ザルバコフは早口で言った。指先で、工場の隅を示している。

「どこだ？」

タロスは開発主任が指し示す先に目をやった。

一瞬、隙が生まれた。

その隙をザルバコフは見逃さなかった。

床を蹴った。

重力制御装置はまだ切られていない。

すうっと跳んだ。まるで上から糸で吊られているような軽やかなジャンプ。

長身のタロスを楽に飛び越した。

頭上を過ぎたところで、重力がノーマルに戻った。

急角度で落下する。

つんのめるように落ちて、膝をついた。

「ちいっ」

タロスは舌打ちし、振り返った。

ザルバコフは立ちあがり、片足を引きずりながら、壁に向かって走りだそうとしている。

「おっと！」

扉をめざすザルバコフの背後から腕が伸びてきた。

くるりと首に巻きついた。

そのまま、ぐいと絞《し》めあげる。文字どおり、絞めあげたのだ。遠慮など、どこにもない。

圧倒的な力が、ザルバコフの向きを強引に変えた。

工場の中央が視野に入ってきた。

その眺めの真ん中にいるのは。

右腕を前に突きだして迫ってくるアクメロイド。

指輪のレーザーの狙いはザルバコフにつけられている。

恐怖が、ザルバコフを貫いた。

アクメロイドがくる。

冷ややかな無機質の殺意が、ひしひしと伝わってくる。彼女は、自分を生みだした者を容赦なく葬ろうとしている。

「止めろ。さもないと死ぬぞ」

絞めあげている男がザルバコフに囁《ささや》いた。

真正面にアクメロイドの指輪。

妖《あや》しく光っている。

ザルバコフは叫び声をあげようとした。だが、喉《のど》を押さえられていて声はでない。それどころか、呼吸さえもおぼつかない。

「止めろ」

囁きが、ザルバコフを促した。

アクメロイドが近づく。

いましもレーザーを放とうとしている。

もうザルバコフは、その恐怖と緊張に耐えきれない。

右手に、小さなコントローラーをザルバコフは握っていた。重力制御装置からアクメロイドまで。さらには、扉の開閉やカートの操縦さえもが、このコントローラーひとつで思いのままになる。

親指の腹で、ザルバコフはコントローラーの表面をなぞった。描かれた記号と、その際の圧力がコントローラーを作動させる。

停止した。

アクメロイドが。

**8**

間一髪のタイミングだった。

零コンマ一秒遅れていたら、レーザーの光条はザルバコフの心臓を灼き裂いていたに違いない。

アクメロイドは一体残らず動きを止めた。

フロアでは、二体のアクメロイドがばらばらになり、四体のアクメロイドが見事な彫像となって、その場に立ち尽くしている。もっとも彫像にしては、どのアクメロイドもポーズが不自然だ。バランスがひじょうに悪い。

「けっこうな処置だ」

固く握っていたザルバコフの右手をべつの手がむりやりこじあけ、コントローラーを奪いとった。

それから、あらためてザルバコフは胸もとにレイガンを突きつけられた。

「さて」顔が横にきた。クラッシャーダンだった。

「一息ついたところで、いろいろと聞かせてもらおうかな」

「まったくだぜ」

ほかのクラッシャーも集まってきた。

レイガンを構えて、ダンに背後から絞めあげられているザルバコフを取り囲んだ。

「場合によっちゃ、八つ裂きだ」

タロスは指の関節を鳴らしている。

「なんか、言ったらどうだい」

バードが肩をいからせて、前に進みでた。かなりあやうい目に遭《あ》ったのだろう。スペースジャケットが焼け焦げだらけになっている。右のこめかみあたりにも軽い火傷《やけど》を負っている。

「素直に吐いたら、半殺しで我慢してやってもいいぞ」

ザルバコフの肩をつかんで、その目を探るように覗きこんだ。開発主任は頬をひきつらせた。

「どうなんだ？」

ダンの嚇《おど》しだけでは足りないと思ったのか、バードは自分のレイガンの銃口もザルバコフの鼻先に突きつけようとした。

そのとき。

電子音が耳をつんざいた。

予期しない電子音。

警報だ。

バードの動きが止まった。

すさまじい音だった。けたたましく響き渡り、空気ははっきりそれとわかるほどに、びりびりと震えた。

壁に切られたドアがひらいた。

人がなだれこんできた。

崩れた身なりに、品のない顔つき。

ヤクザだ。

警報が止まった。

ヤクザは、総勢十六人。むろん全員、武装している。ハンドブラスターがほとんどだが、中には大型のレイガンを構えている者もいる。

ヤクザはクラッシャーを取り囲んだ。

「おもしれえ眺めじゃねえか」

包囲が終わると、ヤクザのひとりが、ゆっくりとクラッシャーのまわりを移動した。薄ら笑いを浮かべている。しまりのない顔だ。

アモスである。

ジュニアの筆頭秘書。

アモスはひとりひとりの顔を睨《ね》めるように見た。

ダンの正面で、歩みを止めた。ただし、視線はダンに向けられていない。ダンに首を絞めあげられているザルバコフを捉えている。

「おもしれえが、ふざけた話だ」吐き捨てるように、アモスは言を継いだ。「とんだ茶番だぜ。笑っちまう。飼い犬がご主人様に逆らいやがった。てめえの役目を放棄したクラッシャーに、恩を忘れた開発主任。裏切って何やら企んだ揚句に、この騒ぎだ。ジュニアにありのままを報告したら、さぞかしお喜びなさるぜ。てめえらに、相応のお礼をしなと言われるだろうな」

「…………」

「武器を捨てろ」片目を吊りあげて、アモスは凄んだ。

「ぐずぐずするんじゃねえ！」

ハンドブラスターを振りまわした。

十六対四では、いかんともしがたい。

ダンが最初にレイガンを捨てた。ザルバコフの首に巻きつけている左腕はそのままに、胸に押しあてていたレイガンだけをアモスの足もとに放り投げた。

あとの三人も、かれらのチームリーダーに倣《なら》った。

ヤクザが床に落ちたレイガンを蹴って、クラッシャーから遠ざけた。

「いい子だな」アモスがにやにやと笑って、ダンに近づいた。

「はなっから、そういうふうなら、こんなことにはならなかった」

ハンドブラスターの銃口で、ダンのあごを撫《な》でまわした。

「ザルバコフも放すんだ」

笑みを消し、低い声で、しかし、はっきりとアモスは言った。

ダンは絞めあげていた腕を脇に戻し、ザルバコフを右手で前に押しだした。ザルバコフはよろめきながら、ダンから離れた。すかさずふたりのヤクザが、その腕を把《と》った。

「てめえらの始末は、この俺にまかされている」アモスは、銃口をダンのあごから額に移した。

「生かすも殺すも、俺の気分ひとつだ」

「たまには、仕事をやらせてもらえるんだな」

ダンが応じた。

アモスの顔色が変わった。顔が赤くなり、口の端が細かく痙攣《けいれん》した。

トリガーボタンに指がかかった。

「よほど死にたいってわけだ」

「きさまにできるのは、人殺しだけだ」

ダンは平然としている。

「そうかよ」アモスの双眸に、狂気の光が宿った。

「そいつは、けっこうな見立てだな」

指に力がこもった。トリガーボタンが沈みはじめた。

ダンは目を閉じない。額にハンドブラスターを突きつけられたまま、冷徹なまなざしをアモスに向けている。

「逃げて！」

凜《りん》と声が響いた。

悲鳴に似た甲高い声。

声と同時に。

鈍い射撃音が耳朶《じだ》を打った。

ダンは声に従った。瞬時、気をとられたアモスは、トリガーボタンを押しきれなかった。

ロケット弾が炸裂《さくれつ》した。

ヤクザの包囲の真ん中だ。ちょうど、ガンビーノが立っているあたり。そこに、バズーカ砲が撃ちこまれた。

もちろん、ガンビーノの姿はとうにない。

炎が火球となり、爆風が丸く広がった。

床が火に包まれて、めくれあがる。

逃げ遅れたヤクザが数人、血にまみれて転がった。飛び散った破片が、全身に突き刺さっている。

ダンは声を聞くやいなや、横ざまに身を投げだしていた。

磨《みが》きあげられた床を滑走した。滑走しながら、上下左右に視線を走らせる。

視野の端に。

声の主が入ってきた。

サンシャイン・ゴールドのスペースジャケット。ハードパックを背負い、ヘルメットをかぶっている。しかし、男ではない。娘だ。長い黒髪が宙に躍っている。

あの娘《こ》は。

クラーケンのスタッフ。

ユリだ。

ユリは、真っ逆さまに落ちてくる。

壁の天井に近いところに、キャットウォークが設けられていた。ユリはそこから身を投げ、バズーカ砲を放った。

クラッシャーを救うために。

ダンはユリの位置と落下角度を目ではかった。

五メートル先に落ちる。

身を起こし、床を蹴った。

猛ダッシュ。とにかく走る。

仰向けに滑りこんだ。鏡面のような床が、ダンに幸いした。

滑りながら、腕を伸ばした。

ユリが頭から落ちてきた。

ヘルメットとハードパックが、ダンの胸に激突した。ヘルメットは弾んで、あごを突きあげた。

だが、いっさい気にしない。ダンはしっかりとユリを抱きとめた。ユリもダンにしがみついた。

ユリを抱いて、ダンは立ちあがった。ユリのからだは、右手だけで支えた。

ユリの持っていたバズーカ砲。それをすでにダンは左手で受けとっている。

身をひるがえし、ヤクザのほうに向き直った。

バズーカを構え、トリガーボタンに指を置いた。

だが。

そんなに急ぐ必要は、どこにもなかった。

形勢は、もう逆転していた。

タロスもバードもガンビーノも、ヤクザの包囲の外にいた。外にいて、レイガンを握っていた。タロスなどは、アモスの腹を足で踏んづけている。

ユリの声と同時に、クラッシャーは散っていた。

ヤクザの足もとを抜けて、いったんは捨てさせられたレイガンを拾う。

ロケット弾が炸裂した。爆風を寝そべったままかわし、クラッシャーは跳ね起きた。

起きて立ちあがったときには、もう。

制圧は完了していた。

ヤクザは大部分が、爆風に叩きつけられたのか、自分から転がったのか、床に倒れて平たくなっている。

立っているのは四、五人だ。しかし、かれらも奇襲に肝《きも》をつぶされたらしく、戦意を喪失《そうしつ》している。

ガンビーノとバードが、ヤクザの手から武器を取りあげた。

ダンは抱きかかえていたユリを、そおっと下に降ろした。ユリはまだショックを拭いきれないのか、ダンの胸に顔を埋めている。

「やばかったわね」

どこからか、ケイがあらわれた。スペースジャケットの色が違うだけで、身につけている装備は、ほとんどユリと変わらない。

「鮮やかなもんだ」ガンビーノがへらへらと言った。

「あんたがたは幸運の女神じゃな」

見えすいたお世辞《せじ》だった。

## 9

ふたりの娘とクラッシャーは、互いにこれまでのいきさつを教え合った。クラッシャーはガンビーノがケイに、娘のほうはユリがダンに、それぞれ経過をかいつまんで語った。

　ユリとケイは、重傷を負ったクラーケンの名代で、ジュニアを訪ねてきたのだという。訪問が深夜になったのは、クラーケンの意識が回復するのを待ったからだ。

　クラーケンは、ジュニアに会ってかれのメッセージを伝えるよう、ふたりに命じた。ヤクザに職員が皆殺しにされたので、名代の資格を持つのは、新顔の彼女たちしかいない。

　メッセージは、いかなるテロにもキャナリーシティの住民は屈しないという宣言だった。時が時なので、ふたりは一応、それなりの武装を用意してミストポリスにやってきた。


　しかし。

　総督公邸に、カネークの姿はなかった。

　公邸にいなければ、怪しいのは工場のほうである。

　ユリとケイは持参した装備に身を固めて、工場に忍びこんだ。

　そうしたら、クラッシャーがヤクザに囲まれていた。

「アクメロイドが殺人マシンを兼ねている理由を知りたいわ」

　クラッシャーとの話が一区切りついたところで、ケイがザルバコフに声をかけた。開発主任は、ガンビーノの足もとにうずくまり、力なくうなだれている。顔色も悪い。

「どーして、あんなものをつくったの？」

ケイはザルバコフに訊いた。

「暗黒街の、ボスどもに頼まれた」

ザルバコフは、ぼそぼそと答えた。声が細い。耳を澄まさなければ、よく聞こえない。

「アクメロイドは超高級セクサロイドだ。だから、これの顧客はＶＩＰが中心になる。人間と見分けがつかないなら、ライバルのボスのもとに送りこむことも可能だ。ならば、アクメロイドのからだの中にレーザーを仕込んでおけ。そうすれば、需要はいくらでもある。かれらは、欲に目のくらんだジュニアにそんなことを囁《ささや》いた」

「そのヨタ話にカネークはのったの？」

「ああ」ザルバコフは小さくうなずいた。

「喜んで、のった。のったからこそ、ここにアクメロイドがいる」

「とんでもないやつだわ、カネークって！」

ケイは柳眉《りゅうび》を逆立てた。ヘルメットは、もう脱いでいる。怒りで頬が紅潮した。

「犯罪行為もいいとこだな」

タロスが口をはさんだ。タロスはガンビーノとケイが話をしている間じゅう黙ってふたりのやりとりに耳を傾けていた。

タロスは首をめぐらした。

「おやっさん、この仕事、堂々とキャンセルできますぜ」

ダンに向かって言った。

「へっ」

その一言を聞いて、誰かが鼻先で笑った。

アモスだ。

ジュニアの筆頭秘書は、タロスの背後にいた。ケイとユリはヤクザを完全に武装解除し、全員に電磁手錠をかけた。アモスも例外ではない。自由を封じられた筆頭秘書は、床に転がされて尋問の時を待っている。

「なんだ、いまのは？」

タロスの表情がこわばった。巨漢のクラッシャーは、アモスの嘲笑を聞き逃さなかった。

タロスはつかつかとアモスの前に歩み寄った。

いきなり胸ぐらをつかんだ。アモスは無傷だ。すぐ脇に立っていたヤクザのおかげで、爆風の直撃は免れた。ヤクザは重傷を負ったのが七人。あとの九人は無傷かかすり傷で、アモスはそのうちのひとりだった。

「何がおかしい」

タロスは筆頭秘書を絞めあげた。右手で襟首をねじり、手前にぐいと引く。アモスは爪先立ちになった。

息が詰まり、血流が止まった。アモスの顔はまず真っ赤に染まり、つぎに蒼《あお》くなってから、色を失った。

「や、やめろ。話す」

悲鳴混じりのざらついた声を、アモスは喉の奥から絞りだした。

「…………」

タロスはほんの少しだけ、力を抜いた。アモスの足がべったりと床についた。

激しく咳《せ》きこみながら、筆頭秘書は言った。

「仕事をキャンセルだ、などとぬかすから嗤《わら》ったんだ」

「キャンセルが、なぜおかしい？」

「とうに、仕事をやっているからよ」

「なんだと？」

タロスの眉がぴくりと跳ねた。

「おまえさんたち、重力場の発生装置を設置しちまったんだろ」アモスは言を継いだ。「だったら、もうどうってこたァねえ。作動させるだけなら、俺たちにだってできる」

「まさか、おい！」

タロスは両の手でアモスの首筋をつかんだ。血相を変えている。

「やっちまったのか、てめえらが？」

筆頭秘書を力まかせに揺さぶった。

「ジュニアがオーケイをだしたんだ。いまごろ若いやつらが動かしているはずだ。じきにプレートが活性化するぜ」

「ざけやがって！」

タロスは激昂した。怒り狂い、吊るしあげていたアモスを床に放り投げた。電磁手錠をかけられていてアモスは受身をとることができない。床に落ちて側頭部をしたたかに打ち、悲鳴をあげてのたうちまわった。

タロスはダンに向き直った。

「おやっさん、こいつら」

「〈アトラス〉に行く」

タロスが振り返ったときには、ダンはすでに動いていた。レイガンをホルスターに戻し、かわりに携帯用のカリキュレータを取りだして、必要なデータをそこに打ちこんでいた。

カリキュレータの表示画面に、数字が並んだ。

ダンは素早く、その数字を読んだ。

「猶予《ゆうよ》はならん。一刻を争うぞ」

おもてをあげ、三人の仲間に状況を目で伝えた。
「へいっ」
タロスはケイを見た。
「こいつらの始末を頼む」
床に転がるヤクザを指し示した。
指を立て、腕を伸ばす。
その動作に。
すさまじい衝撃が重なった。
思いもよらぬ強烈なショック。
床が大きくぐらりと揺れた。
つづいて、どおんと下から突きあげられる。
タロスの巨体があっさりと浮いた。
まさに不意打ちである。踏んばる余裕もない。飛ばされて、からだが半回転した。
天井が、ぐるりとまわる。
頭が下だ。
落下した。床に叩きつけられた。
それは、ガンビーノもバードもダンも、そして、ケイとユリとザルバコフも同じだった。

　立っていた者は、ひとり残らず足をすくわれ、宙を舞って床に落ちた。

　揺れはおさまらない。

　つぎからつぎへと押し寄せてくる。

　いずれも超弩級《ちょうどきゅう》の揺れだ。床は激しくうねり、だれかれ問わず容赦なくもてあそぶ。

「しっかりしろ」

　バードが、ケイのからだを支えた。バードはうまく波にリズムを合わせている。少なくとも頭は打っていない。

「力を抜くんじゃ」

　ガンビーノはユリをサポートしていた。老クラッシャーは身が軽い。ダンもさりげなくザルバコフのカバーにまわっている。クラッシャーでダメージが大きいのは、タロスひとりだ。

　揺れは、いっかなおさまらない。

　いつまでも、いつまでも揺れる。

　だが、果てしなくつづくわけではなかった。

　もしかして永遠に。

　などとみんなが思いだしたころ。

ようやく鎮静に向かいだした。

振幅が、少しずつ小さくなった。

押し寄せる間隔も、次第にひらいていく。

最初のひと揺れから十数分が経過した。

もうほとんど感じられないほどに、揺れが鎮《しず》まった。

呻《うめ》き声があがった。

ひとりやふたりのものではない。発しているのは、二十人を超える。

「痛《つ》う、ててて」

タロスも呻いていた。体重のあるタロスは、そのぶん衝撃も大きかった。後頭部は何度打ったか覚えていない。死ななかったのが奇跡だ。

「大丈夫か？」

声がした。バードの声だった。ショックでぼやけた目に、ケイを抱き起こそうとしているバードの姿が映った。バードは額を割っている。出血がひどい。

「なに、いまの？」

ガンビーノに助け起こされたユリが、顔をしかめながら老クラッシャーに訊いた。

「プレートが動いたんだ」ガンビーノではなく、ダンが答えた。

「それもただの変動じゃない。暴走だ」

「暴走」

「いまのは序の口じゃよ」ユリがきょとんとしているので、ガンビーノがつけ加えた。

「これから二波三波がくる。ほおっておいたら、変動は際限なく加速され、地殻は裂けてずたずたになる」

「じゃあ」

ユリはガンビーノを見た。

「これまでだな」老クラッシャーは低い声で言った。

「まもなくドルロイは滅ぶ」

## 10

何度も強く、タロスはかぶりを振った。

それで痛みは失せるわけではないが、少なくとも頭ははっきりとする。

わずかに意識が明るくなったところで、タロスは頭をかかえて立ちあがった。

「俺たちは、装置を全部打ちこんでおいたわけじゃないんだ」首すじを揉みながら会話に加わった。

「それを知らねえで、馬鹿がプレートにエネルギーを流しこみやがった」

ちらと左手の床に目をやった。

「ジュニアがやれと言ったんだ！」

左手の床にはアモスが転がっていた。そのアモスが金切り声で弁解した。横になっていたヤクザたちは、タロスやバードよりもダメージが軽かった。

「こんなことになるとわかっていたら、やらしちゃいねえ」

「ほざけ。このタコ！」

額にテープを貼り、応急手当で出血を止めたバードが、アモスの背中を思いきり蹴とばした。アモスは悲鳴をあげた。

「打つ手はあるの？」

ケイがタロスに訊いた。

「ないことはない」タロスは両手を広げた。

「だが、成功率は低い。二、三パーセントってとこだ」

「要は、すぐに現場に行けるかどうかだ」バードが補足した。

「手遅れにならないうちに重力場の発生装置を対応する位置に打ちこんで作動させれば、被害を最小限に食い止められる」

「時間の余裕は？」

「四……いや、三時間」

その問いには、ダンが答えた。ダンの表情には、暗い翳《かげ》がある。三時間では、時間の余裕はないに等しいからだ。現場に急行し、作業するには〈アトラス〉が要《い》る。そのためにはエアカーで市内に戻り、さらに〈マイノス〉で宇宙港に行かねばならない。しかも、そんなことをしていたら、絶対に間に合わないのは明らかだ。

空気が重苦しくなった。

「ＶＴＯＬがくるわ」だしぬけに、ケイが言った。

「十人乗りよ。それで宇宙港に行けば、大丈夫。時間内に滑りこめるわ」

「すぐくるのか」

信じられないといった表情で、タロスがケイを見た。

「高度七千で待機させといたの。二分以内に降りてこれるわ」

そのへんの船乗りが言いだしたのなら、眉つばものの話だが、相手がケイとなると、妙に説得力がある。話は本当らしい。だが、いったいいつの間に呼んだのだ。

「こいつら、どうすんの？」

ユリがケイに訊いた。こいつらとは、ヤクザのことだ。壁際にひとまとめにしたヤクザの集団を、ユリは指差している。ユリの問いはもっともだ。七人は負傷していて、治療しなければならない。無傷の九人も、ここに置いておけば、仲間が救出にくる恐れがある。といって、ケイが呼んだＶＴＯＬは十人乗りだ。連れてはいけない。

「わたしにまかせてくれ」

解決策をだしたのは、ザルバコフだった。開発主任は、脇から唐突に言葉をはさんだ。

「わたしたちが、かれらを預かる。無理かもしれんが、信じてくれ。逃がしたりはしない。この連中は、わたしにとっても敵なのだ」

ザルバコフはケイとユリを見据《みす》えた。声は力強く、その瞳には決意が満ちあふれていた。

「いいだろう」

結論は、ふたりの娘ではなく、ダンが下した。ダンはザルバコフに向かって言った。

「あんたにまかせる。俺は納得した」

「ついでに、カネークの居場所を聞きだしといてくれると助かるのう」

ガンビーノが冗談を飛ばした。

「やってみましょう」

ザルバコフは冗談を冗談ととらなかった。

「工場の外に。急いで」

ユリが言った。もう壁に切られた扉をあけて待っている。

ヤクザの処遇はすべてザルバコフに委《ゆだ》ね、四人のクラッシャーとふたりの娘は、通路を抜けて中庭にでた。

工場の中庭は、アクメロイドが破壊された事件の現場である。

「きたわ」

でてすぐに、ケイが言った。ユリと並んで頭上を振り仰いでいる。

夜の闇の中に、明滅する五つの光点があった。光点は、みるみる大きくなる。

やがて、工場の照明に、その機体が淡く浮かびあがった。

たしかにＶＴＯＬだ。変形デルタ翼のビジネス機である。型はさほど古くはない。

〈フォックスバット〉という名称で知られている。機体ナンバーはレンタルのそれだ。

ふわりと、きれいに着陸した。誰が操縦しているのかは不明だが、優秀なパイロットである。

「早く乗って」

タラップが伸びきらないうちに、ケイはクラッシャーを搭乗させようとした。

〈フォックスバット〉は書類上は十人乗りだが、正規のシートは六人分しかない。あとの四人は、カーゴルームをつぶして予備シートを引きずりだすのだ。

ダンを先頭に、クラッシャーは〈フォックスバット〉に搭乗した。

乗客のエリアとコクピットはべつになっていない。六つ並んだシートの最前列のふたつが、パイロットとコ・パイロットのシートだ。

ダンはパイロットに声をかけようとした。

かけようとしてシートを覗《のぞ》きこみ、絶句した。

そこにいたのは、人間ではなかった。

これならば、無人のほうが、まだ驚きは小さかっただろう。だが、無人でもなかった。

シートは間違いなく埋まっていた。

シートに座りこみ、操縦桿を握っていたのは。

獣だった。

全身を艶《つや》やかな黒光りする毛皮に覆われた大型の四足獣。

ダンが硬直しているので、何ごとかと思って顔をだしたタロス、バード、ガンビーノも、つぎつぎに言葉を失った。

ユリとケイがやってきた。

「こら、ムギ。おまえはカーゴルームに入っといで！」

ケイが獣に向かって一喝《いっかつ》した。

「みぎゃお」

一声啼《な》いて、獣はケイの命令に従った。

尻尾を振り、悠然とカーゴルームに移動する。

「おたくらも、早くシートにすわってよ」

ケイはクラッシャーも一喝した。

YAS.

パイロット・シートにはユリが、コ・パイ・シートにはケイが着いた。ふたりの行動がてきぱきしているので、クラッシャーは獣の正体を尋ねようがない。

「いくわよ」

ユリが言った。

その言葉が終わらぬうちに。

〈フォックスバット〉は、いきなりエンジン全開で発進した。

Gも機体強度もおかまいなしだ。

〈フォックスバット〉は激しくきしんでいる。クラッシャーはシートに叩きつけられた。巨大なハンマーでしたたかに殴られたような、強烈なショック。得体の知れぬ獣に心を乱している余裕などない。肺がつぶれ、背骨がぼきぼきと鳴った。

水平飛行に移った。

大きく喘《あえ》いで、クラッシャーは酸素を補給した。こわばった筋肉も必死でほぐした。

と、ほどなくして。

今度は急降下である。

まさか、こんな早くといぶかしみ、窓から外を見たら、闇の中に宇宙港の照明が華々しく燦《きらめ》いている。

尋常ではない加速だ。レンタル会社が知ったら、肝をつぶす。機体もエンジンも、オーバーホールしなければ、このあとは使いものにならないだろう。

「ほんとに、こいつら、何もんなんだ」

ため息混じりに、タロスがつぶやいた。

誰もが、同じ疑問を抱いていた。

〈フォックスバット〉は急速に高度を下げる。あまりの異常さに、宇宙港の管制官が事故ではないか、と訊いてきた。

「着陸するのよ」

平然とケイが答えた。

「離着床はすべてふさがっている。指示を待て」

着陸と聞いて、管制官はあわてた。そんな許可はだしていない。

「うっさい」

操縦桿を握るユリは、耳を貸さなかった。

管制官の制止を無視して、宇宙港に突っこんだ。あいてようがあいてまいが、関係ない。何がどうあれ、こっちは着陸するのだ。

それがユリの態度だった。

強引に進入した。その動きに、離陸態勢にあった小型機が巻きこまれた。

滑走しかけたところであわてて出力を絞り、コントロールを失って、タワービルの玄関に激突した。

ガラスが割れ、サッシがねじ曲がった。小型機は、ぐしゃりとつぶれた。

「死んだ？」

「生きてる」

ケイが赤外線映像で状況を確認した。

「じゃあ、いいわ」

ユリは進入を続行した。

「すげえや」

タロスは目を剝《む》いた。悪評高いクラッシャーでも、これよりは紳士的だ。

離着床はたしかに満杯だったので、ユリは〈フォックスバット〉を滑走路に降ろした。タワービルに突っこんだ小型機が使用していた滑走路だ。いまは当然あいている。

ぐらんと地上が迫った。すでに逆噴射は最大出力に達している。ガンビーノが祈りの言葉を声高に唱えた。

ランディング・ギヤをだした。

高度は五メートルを切った。管制官が金切り声をあげている。通信機をオフにしたいが、ビジネス機では不可能だ。

重力と推力が釣り合った。

ユリはエンジンを停止させた。

機体が落下した。轟音が響いた。ショックアブソーバーが衝撃を吸収しきれない。クラッシャーはもう一度シートに叩きつけられた。これは着陸ではない。距離は短いが、明らかに墜落である。さっきの獣のほうがよほど操縦がうまかった。

扉がひらいた。タラップが伸びはじめる。

ダンが、まずシートから跳ね起きた。

つづいてタロス。そしてバードとガンビーノがそのあとを追った。

タラップが伸びきっていないが、構わず滑走路に飛びおりた。

〈アトラス〉の離着床は近い。クラッシャーは走りだした。

宇宙港内では、地上を移動できない。地下に降りてカートを使用するよう規則で定められている。しかし、それを遵守《じゅんしゅ》していたら、時間を浪費するばかりだ。

フェンスを乗り越えて、滑走路と離着床を横切った。

〈アトラス〉に到達した。

コクピットに入り、タロスがエンジンに火を入れた。ダンはガンビーノと組んで、コンピュータにデータを打ちこんだ。時間が逼迫《ひっぱく》している。現場に到着するまでに重力発生装置の追加設置場所を特定しておかなければ、間に合わない。

「動力オーケイ」

バードが機体のチェックを完了した。先ほどの地震は宇宙港があるこの島にもかなりの被害を与えたはずだが、〈アトラス〉にその影響はない。計器だけが震度Cを記録している。

「〈アトラス〉。発進許可はだしていない」

管制塔が文句を言ってきた。

「黙んな」

タロスが通信機を切った。

エンジンスタート。

離陸した。

# 第三章　美貌の死神

## 1

〈アトラス〉は、一気に高度を稼いだ。

ユリの操縦に刺激されたのか、タロスの加速もひどく猛々《たけだけ》しい。

成層圏に突入した。

高度一万八千で、水平飛行に移った。

加速は続行する。計算はまだすんでいない。しかし、だいたいの設置場所は承知している。とにかく、まずそこまで行く。暴走の補正は、早ければ早いほど有効だ。

データの打ちこみが完了した。あとは計算が終わるのを待ち、その解答と実際の座標とを照合していく作業になる。それはガンビーノの領分だ。

ダンは副操縦席《コ・パイ・シート》に着き、タロスにまかせておいた航空管制のモニターに入った。タロスは、いったんオフにした通信回路を成層圏に入った時点であけ直していた。どことどこのやりとりか不明だが、熱心に通信を傍受している。

ダンはモニターを通常の状態に戻した。

戻すと同時に。

さっそく呼びだしがきた。

〈ラブリーエンゼル〉からだった。宇宙港でクラッシャーの四人はケイ、ユリと分かれた。ふたりは、自分たちの宇宙船、〈ラブリーエンゼル〉に搭乗した。

ケイが応答を求めている。

回路をつないだ。

通信スクリーンに赤毛の娘が映った。指二本を額にかざして、敬礼のようなポーズをとっている。

「どうした?」

ダンは訊いた。

「お邪魔?」スクリーンの中のケイが、にっこりと笑う。

「いま〈アトラス〉をフォローしてんだけど」

「こっちはしゃかりきで計算中だ」ダンは淡々と応じた。

「それを終えたら、すぐ作業に入る」

「手伝えることないかしら。雑用でもなんでもやるわ」

「そっちが発生装置を積んでたら助かるんだが、そうはいかないだろう」

ダンは言った。重力場の発生装置を積んでいる船なぞ、クラッシャーの宇宙船くらいなものだ。

「ちょっと無理ね」

しごく当然の答えが返ってきた。

タロスがレバーから左手を放し、ダンに向かって軽く振った。通信を替われ、という合図だ。ダンは了承した。

カメラを切り換えた。

「悪いな。俺だ」

タロスが言った。通信の相手がいきなり替わったので、ケイは目を丸くしている。

「ついいましがたナイマンの通信を傍受したんだ」タロスは早口で言を継いだ。

「あっちはたいへんなことになっているらしい。地震で町がほぼ壊滅状態みたいなことを言っている」

ケイの肩がびくんと跳ねた。顔色も変わった。

「発生装置のほうは、俺たちが全力をあげてかたをつける。そっちはナイマン島に急行してくれ」

「わあった」

ケイはうなずいた。声がおかしい。うわずり気味である。顔色といい、声といい、予想外の動揺だ。

「ナイマン島に向かうわ」うわずったままの声でケイはつづけた。

「プレートのほう、よろしく頼むわね」

「まかしとけ」

タロスは拳を握り、親指を立てた。

通信が切れた。

「おかしなやつだぜ」

スイッチをオフにしてから、タロスは首をかしげた。

「地震とか、壊滅とかって言葉に、なんかトラウマがあるのかな？」

独り言のようにつぶやいた。

「幼児体験じゃないのかい」バードがタロスの独語に答えた。

「ガキんときに相当すごいのをくらったんだ」

タロスは納得した。

スクリーンにレーダーと地形図とを組み合わせた映像を入れた。推定される現場近辺の地形図だ。上空を雲がびっしりと覆っている。低気圧が発生しているらしい。それもひとつやふたつではない。かなりの範囲に低気圧が生まれ、それらすべてが発達しはじめている。

「こりゃあ、やりにくいぜ」

タロスは顔をしかめた。発生装置は一基ずつ搭載艇で降ろし、海中に打ちこむ。海上が荒れていたら、命懸けの作業になる。

スクリーンの映像に、赤い光点がいくつか輝きだした。計算が終了し、ポイントが確定した打ちこみ地点だ。

当該《とうがい》区域に接近した。〈アトラス〉は降下態勢に入った。

急角度で、高度を下げる。タロスは、あらゆるところで時間を縮める努力を惜しまない。そのぶん、乗員にしわ寄せがくるが、これは我慢すればいい。クラッシャーは、それほどやわにはできていない。

成層圏を抜けた。高度八千。視界はひじょうに悪い。灰色の雲が、眼下を隈《くま》なく覆っている。どれもこれも発達しつつある積乱雲だ。

「こりゃあ、ひでえや」

タロスは眉をひそめた。

「一時間はかけられないな」

ダンも表情を曇らせている。装置の打ちこみは、ポイントを移動しながらひとつずつおこなう。一時間以内というのは、かなり苦しい。

雲海の中へと〈アトラス〉は突入した。高度は五千。視界は限りなくゼロに近い。

スクリーンに最後の光点がともった。打ちこみポイントは全部で六か所。すべて海底である。島に打ちこむポイントはひとつもない。

「搭載艇は〈カロン〉しかない。作業はこいつでおこなう」

ダンは言った。

時間的には間に合ったが、代償がないわけではなかった。それが、これだ。クラッシャーは〈マイノス〉をミスト島に置いてきた。〈アトラス〉はVTOLを二機、搭載している。〈マイノス〉はカーゴシップを兼ねた作業用の機体だが、〈カロン〉は複座の戦闘専用機である。この非常時に、クラッシャーは高い精度を要求される打ちこみ作業を〈カロン〉でやらなければならない。スピードと旋回性能は抜群だが、〈カロン〉は空中停止能力や貨物の積載容量で〈マイノス〉にはるかに劣る。

「〈カロン〉だと最低二回は帰投して装置を積みこむ必要がある」タロスが言った。

「状況からみて、こいつは容易なことじゃありやせんぜ」

「作業はわしがやる」

ガンビーノが言った。

意外な申し出に、他の三人が、いっせいに老クラッシャーを見た。

「気持はわかるが、そいつは現実的じゃない」タロスが口をひらいた。「あんたは経験は長いが、専門は航法だ。この天候で、しかも〈カロン〉で作業するのはちょいと無理だぜ」

「現実的でないのは、そっちだ」ガンビーノは切り返した。「容易ではないと言っているいまの状況を、もう一度検討してみろ。パイロットと機関士は、〈アトラス〉から離れられない。残るのはダンかわしだが、ダンはチームリーダだ。作業の総指揮をとる必要がある。しかも、打ちこみは急いでおこなわねばならない。時間短縮の決め手は、ポイントのチェックだ。わしはこれまでの作業でポイントを完全に頭に叩きこんだ。コンピュータが送ってくるデータを読みとり、瞬時にしてポイントを特定できるのは、この中にはわししかおらんぞ」

ガンビーノの言葉には、説得力があった。

少なくとも、タロスには反論できなかった。

巨漢のパイロットは渋面《じゅうめん》をつくって口をつぐんだ。

「こいつぁ、ガンビーノの勝ちだな」わずかな間を置いて、ダンが言った。「ガンビーノが〈カロン〉を操るってとこに若干の不安が残るが、言ってることは正論だ。無視はできない」

「当然じゃよ」老クラッシャーは、昂然《こうぜん》と胸を張った。

「こういうときにわしの真価が見えてくる」

ベルトを外し、シートから立ちあがった。タロスからもバードからも、クレームはでない。

「では、ちょいちょいと片づけてくるか」

呵々《かか》と哄笑し、ガンビーノは鼻息荒くコクピットをあとにした。

「ちきしょう」

一本とられたタロスが、コンソールパネルを叩いてくやしがった。

## 2

〈カロン〉が、発進した。

紡錘《ぼうすい》形のスマートな機体が、〈アトラス〉から離脱する。縦列複座の機体だが、乗っているのはガンビーノひとりだ。翼端にレーザー砲、機首に中口径のブラスターを備えている。

大きく弧《こ》を描き、〈カロン〉は高度を下げていった。

打ちこみは、爆弾投下の要領でおこなわれる。高度千メートルに達したら、海上の仮ポイントに向かってガンビーノはカーゴルームからカプセルに納められた重力場の発生装置を射出する。カプセルは、リモコンで海底の正式なポイントへと導かれる。推進機付きカプセルは、ポイントに到達する直前に装置を放りだすように設計されている。放りだされた装置はポイントにもぐりこみ、作動を開始する。あとは、〈アトラス〉のほうで、注入するエネルギー量を調整するだけだ。ガンビーノはつぎのポイントへと向かう。

作業は当初の危惧《きぐ》にもかかわらず、快調に進んだ。ガンビーノは、二十分あまりで、二基の装置をポイントに打ちこんだ。

「どうかね、タロス」

喜色満面の顔を、ガンビーノは〈アトラス〉に送りこんだ。重力異常のせいで通信障害が起きているが、〈カロン〉と〈アトラス〉くらいの距離ではなんの問題もない。ガンビーノの顔は鮮明にスクリーンに映しだされる。

「先輩じゃなかったら、通信を叩っ切ってるとこだぜ」

タロスは毒づいた。

「それで、帰ってきたら半殺しか」

ダンが珍しく冗談をとばした。

だが。

ガンビーノの誇らしげな笑いも、それまでだった。

懸念《けねん》していた嵐が、本格的になった。

積乱雲が巨大な渦を巻き、ハリケーンに成長した。

もともと海洋惑星のドルロイでは、ハリケーンが発生しやすい。それも、かなり大型の嵐に成長する。ノボ・カネーク・シニアが不慮の死を遂《と》げた航空機事故も、ハリケーンが原因だった。乗っていた小型飛行機が急速に発達したハリケーンに巻きこまれ、墜落したのである。ドルロイの総督すらかわしきれないほど、ここのハリケーンは唐突で、かつ大型なのだ。

風雨が強まった。ことに風が尋常《じんじょう》ではなかった。陸地ではなく海上ということもあって、風は悪魔の吐息のように激しく吹き荒れた。瞬間最大風速は、優に九十メートルを突破している。

〈カロン〉が飛行できる状況ではなくなった。

ましてや、作業どころではない。

しかし、ガンビーノは退《ひ》かなかった。意地でも退かなかった。作業は完遂《かんすい》されねばならない。この一件には、ダンのチームだけでなく、クラッシャー全体の面子《めんつ》がかかっている。たとえ海面に叩きつけられようとも、ガンビーノは退くわけにはいかなかった。

風にのり、稲妻をかわして、ガンビーノは〈カロン〉をポイントの上空に運んだ。

運んだものの、空中停止は不可能である。

停止状態で突風にあおられたら、ひとたまりもない。

ガンビーノは垂直降下のテクニックを用いた。

いったん高度を上げ、風の動きを読んで、一気に垂直に降下する。そして、その途中でカプセルを射出する。危険は軽減され、ポイントを誤ることもない。

ガンビーノは、この手でさらに三基の装置をポイントに打ちこんだ。

合計五基。

つぎはいよいよ最後の一基である。

時間は、すでに八十分ほど経過している。

予定の三十分遅れだ。

嵐はつづいている。不思議なのは、ポイントからポイントへ、数百キロのオーダーで移動しているのに、ハリケーンからいっこうに逃れられないことだ。〈アトラス〉の観測によると、ハリケーンは複数が同時に発生しており、しかもそれが距離を置かずに連なっているという。どうやら、重力異常が気象の常識をもくつがえしてしまったらしい。

「志願した、わしが馬鹿だった」

〈カロン〉のコクピットで、ガンビーノは愚痴《ぐち》をこぼしていた。〈カロン〉は強風に、いいようにもてあそばれている。操縦は、まったく思いどおりにはならない。かろうじてポイントへと向かっているが、それも結局は風次第だ。十キロ進んだかと思うと、つぎの瞬間には、二十キロ吹き戻されている。そしてまた、いきなり五十キロほど前進してしまう。

戻される距離を減らし、風の力をいかにして前進に利用するかが、この飛行の決め手だ。

悪戦苦闘の結果、三十分近い時を費やして、〈カロン〉は最後のポイントの上空に到着した。ここも、やはりハリケーンが荒れ狂っている。ハリケーンの中心気圧は、標準気圧に換算して八八七ヘクトパスカル。まともな数字ではない。ガンビーノは計器が故障していると決めつけた。

高度を上げ、ポイントを捕捉した。

風が機体を翻弄《ほんろう》する。コースが安定しない。降下の際に大きく外れたら、回復は不可能だ。最初からやり直しになる。しかし、残り時間からみて、それはありえない。なんとしても一発で打ちこまねばならないのだ。

慎重に、風の流れをチェックした。上空の〈アトラス〉からも情報をもらった。コンピュータが最良のコースを選びだす。

決定した。

コンソールの表示スクリーンにGOのサインが赤く浮かんだ。

すかさず降下。

数千メートルを垂直に降りる。すさまじいGだ。からだがシートに深く沈む。意識が朦朧《もうろう》となる。

垂直といっても、それは表現のあやだ。実際はハリケーンの渦にのっているので、コースは螺旋《らせん》を描いている。その螺旋が崩れなければ、〈カロン〉はトラブルなしで予定高度に到達できる。

風がきた。

突風だった。計算にない。

バーニヤを操り、必死でコースを保った。こうなると力まかせだ。技ではない。どこまで肉体が耐えられるか、である。

ピンチを切り抜けた。

高度は二千弱。あと少しで射出高度だ。

安堵《あんど》した。

ほっと息を吐いた。

それがいけなかった。緊張がコンマ数秒緩《ゆる》んだ。

そこへ。

あらたな突風。

それも下から吹きあげてきた。

バーニヤで制御。

裏目にでた。

ななめにもっていかれた。あわててべつのバーニヤを噴《ふ》かし直す。

これも失敗だった。

〈カロン〉は失速した。揚力《ようりょく》を失い、降下から落下になった。

機体がまわりだした。きりもみ状態だ。回復をはかるが、一度暴れだした機体はもとに戻ろうとしない。

「落ち着け、このあほう！」

コクピットの中で、ガンビーノは自分自身を怒鳴りつけた。だめならだめで、それは仕方がない。だが、だめでも、やるべきことがある。

きりもみのまま、機体をポイントに向けた。態勢の回復を断念してメインエンジンを切り、バーニヤを水平方向への移動にだけ用いた。

墜落は避けられなくても、せめて装置だけはポイントに打ちこんでおく。ガンビーノの決死の目論見《もくろみ》だった。

それが、怪我《けが》の功名につながった。

機体の運動に逆らわなかったのがよかったのだろう。

きりもみが止まった。

機体が、ガンビーノの意思に従う。
高度は七百メートル。
海面もすぐそこだ。突っこむ寸前である。
ポイントは確保していた。誤差は百メートルのオーダー。海中で補正できる。
カプセルを射出し、メインエンジンを再点火。そして反転、急上昇。
以上のことを同時にやった。
おそらく、もう二度とできないだろう。これは大袈裟《おおげさ》でなく、神技である。
メインエンジンは全開。嵐を切り裂き、成層圏をめざす。
その一方で、ガンビーノはカプセルを海底の正式のポイントへと誘導した。
これが、なかなか微妙な作業だ。意識を集中しないと、実に容易に狂う。
カプセルから、装置が離脱した。
ポイントにめりこんだ。
作業開始から百三十七分。
ぎりぎりだが、間に合った。
湧きあがる歓喜に包まれて、ガンビーノはおもてをあげた。
そのまま笑顔が凍りついた。
渦を巻く灰色の雲。

そのただ中に。

いるはずのない〈アトラス〉がいる。

これは、いったい。

などと考えているひまはない。〈アトラス〉は〈カロン〉の失速をレーダーで捉えて急降下してきたのだが、そんなことはいまのガンビーノにはどうでもいいことだ。

ニアミスなどという生やさしいものではなかった。明らかに正面からの激突コースだった。

かわしきれるか。

二秒遅い。カプセルの誘導に気を取られていたガンビーノは、回避のタイミングを失している。

それでも、左舷のバーニヤをありったけ使って、強引な転針を試みた。

並みのパイロットなら、こんな非常時でもGのことを考慮するのだが、クラッシャーはそんなことはしない。たとえ自分がぺしゃんこになっても、回避できれば〈アトラス〉は助かる。

〈アトラス〉の船体が、ぐうんと〈カロン〉に迫った。

ガンビーノは歯を食いしばった。骨がきしむ。筋肉が悲鳴をあげる。内臓が喉《のど》からせりだしそうだ。目がかすんで、視野が暗くなっている。

その暗い視野が、真っ白になった。純白ではない。青銀がかったくすんだ白。〈アトラス〉の船体の色だ。

まさに紙一重。〈カロン〉は、〈アトラス〉の外鈑をかすめて飛んでいる。

かわしたか。

いや。

だめだ。

主翼にひっかけた。

突きあげるようなショック。

機体が一回転した。

真横から。

〈アトラス〉のエンジンカバーにぶち当たった。

火花が散り、機体が裂ける。

つぎの瞬間。

爆発した。

## 3

キャノピーが飛び、シートが宙に躍った。〈カロン〉のボディが引き裂かれるのと同時である。

爆発する一秒ほど前だ。〈カロン〉の非常脱出装置は、自動的に作動した。

気がつくと、ガンビーノは機体の外に放りだされている。

いきなり、ハンマーで殴られるような強烈な衝撃がきた。

それが〈カロン〉の爆発だった。

ヘルメットをかぶっていても、ショックは脳天を貫く。

今度はシートが外れた。

〈カロン〉の非常脱出装置は二段構えになっている。まずシートが機体から離脱し、つぎに乗員がシートから飛びだす。シートのバックレストにはハンドジェットが仕込まれており、シートから放出された乗員は、その際に肩に巻きつくフックによって、ハンドジェットを背負わされる。ハンドジェットも自動点火だ。〈カロン〉は大気圏外でも使用される。そのためにパラシュートは使えない。だから、二段構えになっているのだ。

ガンビーノはハンドジェットを操作した。思考能力は著しく低下していたが、肉体が反射的に対応している。それで、とにかく不都合はない。突発的なアクシデントに見舞われなければ。

しかし、そううまく事は運ばなかった。

アクシデントがガンビーノを見舞った。

またもや風だった。

ハンドジェットを操り、〈アトラス〉の非常ハッチに接近をはかっている、そのさなかであった。

横風が、ガンビーノをあおった。

バランスも何もない。〈カロン〉ですら、あおられたら操縦不能に陥ったのだ。ましてや、いまは生身の肉体。推進装置は背中にかついだささやかなノズルが二本である。

まばたきする間もなかった。

だしぬけとはこのことだ。

〈アトラス〉の舷側に叩きつけられた。

皮肉なことに、非常ハッチの真上である。

右の胸を強打した。いやな音が響いた。さらにからだが一回転して、背中からも激突した。

ハンドジェットが背骨にめりこんだ。めりこんだだけでなく、ハンドジェットは一部が爆発した。

即死を免れたのは奇跡だった。頭を打たなかったのが幸いした。

〈アトラス〉の舷側を滑り落ちた。

意識はなかば失われていたが、またもや肉体の反射が、ガンビーノを救った。右手の指先が〈アトラス〉の外鈑をまさぐり、非常ハッチの小さな突起に触れた。指は、その突起をつかんだ。もしつかんでいなければ、ガンビーノは四千メートルの上空から墜死していた。

非常ハッチがひらいた。

隙間から腕が伸びた。

腕の主はタロスだった。操縦をダンに委《ゆだ》ね、非常ハッチまで駆けつけてきた。

ガンビーノを船内に引きずりこんだ。

ガンビーノはぐったりしている。呼吸も荒い。タロスはヘルメットを脱がせ、耐圧服の胸もとを裂いた。

人工呼吸をしようとしたが、それはやめた。右の胸がつぶれている。肋骨が折れているのだ。へたをすると、折れた骨の先端が肺に刺さる。

タロスはホバーベッドをだして、その上にガンビーノを寝かせた。

医療ルームに運んだ。

出血だけを抑えてから冷凍カプセルの蓋《ふた》をあけ、ベッドごとガンビーノをその中に入れた。

ガンビーノは重傷だ。応急手当もできない。冷凍して傷の悪化を防ぎ、このまま病院に届ける以外、タロスには打つ手がない。

コクピットに戻った。

コクピットは戦場と化していた。ダンもバードも目を血走らせている。〈カロン〉との衝突で生じた船尾の破損が、思ったほど軽微ではない。

エンジンが一基死んでいる。主翼も破損した。動力系統も重要なのがいくつか深手《ふかで》を負ったらしい。サブに切り換えたが、完全には作動していない。

「どうだった？」

タロスがシートに着くと、間髪《かんはつ》を容《い》れずにダンが訊いた。ガンビーノの容体《ようだい》を尋ねている。

「だめです」タロスはかぶりを振った。

「重体じゃありやせんが、重傷です。冷凍しましたが、一刻も早く入院させないと助かりません」

「そうか」

ダンは唇を噛んだ。やはり、自分が行くべきだったという悔恨《かいこん》が、その表情にはある。

「おやっさん！」

バードがダンを呼んだ。

「流入エネルギーのバランスがとれてません。えらい変動してますぜ」

バードは二役である。ガンビーノの仕事もつとめなければならない。

「あいつら、何かやったな」

ダンはデータをチェックした。大きな変化が、先に打ちこんだ発生装置のほうで起きている。それも、ナイマン島に打ちこんだやつだ。

ナイマン島となれば。

あのふたりの娘。

ダンは通信回路をあけた。先ほどまでは、すさまじい通信障害が発生していたが、いまは海底にあらたな装置を打ちこんで重力波の相殺《そうさい》を開始した。電波状態は、かなり改善されているはずである。

〈ラブリーエンゼル〉を呼んだ。

応答は早かった。すぐに返事が返ってきた。

「はあい」

スクリーンにユリが映った。ユリはにっこりと微笑《ほほえ》んで、ひらひらと手を振っている。

こちらに比べると、向こうは夢のように明るい。

「装置の打ちこみは完了した」とてもつき合いきれないので、ダンは挨拶を抜き、すぐに本題に入った。

「そっちのほうは、どうなっている？」

「はいはい、替わります」

ケイがユリを押しのけて、スクリーンにあらわれた。この娘も、相当に明るい。ケイは一、二秒の間を置いてから、奔流《ほんりゅう》のように、これまでの経過をしゃべりはじめた。身振り手振りを交えての、壮絶な独演会である。惜しいことに電波状態がまだ不完全なので、ときおり中断される。すると彼女は話を途切れたところの最初からやり直す。常識を凌駕《りょうが》した神経だ。

その熱演でわかった。

彼女たちが、ハイパーウェーブで星域外に救援を要請したこと。

ジュニアが雇っていたヤクザが、ナイマン島に打ちこんだ発生装置にプラントのエネルギーを流しこんでいたこと。

津波が島を襲って、発生装置とヤクザをプラントごと押し流してしまったこと。

地震で出火したキャナリーシティの大火災が、津波のおかげでおさまったこと。

以上の四点であった。

ケイはぜいぜいと肩で呼吸をしながら、話を終えた。

「それで、プラントはたしかに停止したんだな」

ダンは、そのことだけをとくに訊き直した。プラントが停止したかどうかで、こちらのエネルギー調整は大幅に変化する。

「停止もなにも、海岸には、輸送機の破片すら残ってないわ」ケイは答えた。「ヘダ岬なんて、突端ごとえぐりとられちゃって、ぜんぜんべつのとこみたいになっちゃった」

「プラントが止まったのなら、こっちはそれに合わせて調整を続行する」ダンはうなずいて、言った。

「ナイマン島は、そっちにまかせっぱなしになるが、かまわないか？」

「大丈夫よ」

ケイは拳を握って親指を立てた。タロスのしぐさのコピーだ。

「それより、そっちこそどうなの？」言葉を継いだ。

「さっきからコンソールのエマージェンシーが軒なみついたままになってるわ。お船が不調なんじゃない」

まずいものを見られた。ダンは、心の裡《うち》で舌打ちした。しかし、顔は平静を保った。

「その手の気遣いは無用だ」微笑まで浮かべて応じた。

「〈アトラス〉はちゃんと飛んでいる。飛んでいる限り、不調とは呼ばない」

「いちおう信じとくわ」ケイは、さらりと受け流した。

「ナイマン島のことは忘れちゃっていいのよ。そっちは、とにかく早くプレートをもとに戻して」

受け流しただけでなく、いたわりの言葉までかけた。クラッシャーの矜持《きょうじ》は大いに傷つけられた。

「わかった。完了したら、また連絡する」

声のトーンが平板になった。

「待ってるわ」

通信が切れた。

「鋭いねえちゃんだ」

スクリーンがブラックアウトすると同時に、タロスが肩をすくめた。

「バード」ダンは機関士を呼んだ。

「データをそっちのスクリーンにだす。すぐに、それに合わせてエネルギー量を調整しろ」

事務的な口調で、てきぱきと指示を発した。

その口調でわかる。

チームリーダーの機嫌は、すこぶるつきで悪い。

## 4

調整は機械的におこなわれた。エネルギー量は、すべてコンピュータによって計算される。バードはそれをもとに打ちこまれている重力場発生装置を遠隔操作する。本来なら、その操作もコンピュータに委ねてしまうところだが、今回はそうはいかない。通信障害が発生しているからだ。バードは操作の結果をフィードバックさせ、テレメータの数字をひとつひとつたしかめながら、エネルギー量を調整した。

テレメータの数字が、端数に至るまで完全にコンピュータのそれと合致した。

「おやっさん」バードはダンを呼んだ。

「バランスがとれました。自動補正もばっちりです」

「画面を重力波分布に切り換えろ」ダンは早口で応じた。

「変動をワッチするんだ。プレートのチェックも忘れるなよ」

チームリーダーはバードのほうを振り返ろうともしない。指示を発しながら目はスクリーンの表示を追い、ボタンからボタンへと素早く指を走らせている。

「へい」

バードはうなずき、視線を自分のコンソールに戻した。戻して、状況を悟った。

動力システムの不調になっているラインが、すべてダンのコントロールに移されている。

バードが調整に躍起になっているうちにチェンジしたのだろう。これなら航法士と機関士の二役も可能だ。ただし、そのぶんダンも忙殺される。報告を受けても、振り向くことすらできないほどに。

「ちくしょう」タロスがうなった。

「高度が維持できねえ。いまのままじゃ低すぎる」

「あげるわけにはいかないぞ」ダンが言った。

「送られてくるデータは出力が弱いうえに海中から発信されているんだ。これ以上距離を置いたらモニターできない」

「わかってまさぁ」タロスはもう一度、うなった。

「わかってますが、〈アトラス〉がだだをこねやがる」

〈アトラス〉の四基あるメインエンジンのうちの一基は、完全にその機能を停止していた。ダンは動力のラインをやりくりして、残りの三基で推力のバランスをとっていた。

「出力は安定してきている。とにかく〈アトラス〉をねじ伏せろ」ダンは言った。

「ねじ伏せて、この高度と旋回コースを、なんとしても保つんだ。変動のワッチは時間がかかる。データさえ拾えれば、あとの判断はコンピュータがやってくれるが、肝腎《かんじん》のデータが最低で三、四時間ぶんは要る」

「三、四時間ですか」タロスは他人事のように淡々と答えた。

「そいつぁ、屁《へ》みたいな時間ですな」

ダンをちらりと見て薄く笑った。甘いまなざしのやさ男は、額に大粒の汗を浮かべて、眉根に深いしわを寄せている。暴風のただ中の高度四千メートルだ。しかも、レーダーで見ると、これからさらに発達してピークを迎えようという超弩級《ちょうどきゅう》の暴風である。多大な損傷を蒙《こうむ》った〈アトラス〉が真正面からぶつかるには、いささか手強すぎる相手である。

「ま、いいでしょう」つぶやくようにタロスは言った。

「死ぬ気でやりますよ」

コンソールに向き直った。口の端の微笑が、ふっと消えた。

〈アトラス〉のコクピットに、強い緊張がみなぎった。

三人のクラッシャーは、それぞれの仕事に没頭した。

タロスはメインスクリーンを睨みつけ、両の手で操縦レバーを握りしめている。メインスクリーンには、刻々と変化する気流の情報が立体的に細かく表示されている。タロスは、その情報を瞬時に解読し、失速寸前の〈アトラス〉を強引に上昇気流にのせる。

ダンはタロスの操縦に合わせて動力の微調整をおこなっていた。ラインの一部破損により、この操作はマニュアルでやらねばならない。チームリーダーは、機関士の作業を全面的に引きとった。

ダンの配慮でワッチに専念できるようになったバードは、目を赤く充血させ、こめかみをひくひくと小刻みに震わせていた。バードの役目は、この悪条件下で、データが正確に漏れなくコンピュータに送りこまれているかどうかの精密なチェックである。

ひっきりなしにキーを叩き、神経のすべてをモニターの画面に集中して数字を読む。

声がない。

響くのは、間の抜けた電子音と、バードが叩くキーボードの乾いた音だけだ。

息詰まる静寂。

時が流れる。

バードにとっては、一瞬だ。いや、それどころか、まとまった時間として意識されていない。

しかし、タロスにしてみれば、永遠にも等しい凄絶な時である。

二時間が経過し、やがて三時間が過ぎようとしている。

コンピュータは、まだ結論を下さない。

もうすぐ夜明けだ。

嵐がピークに達した。

最大瞬間風速が、毎秒百二十メートルを突破する。

スクリーンに１２３と数字が並んだ。

その刹那《せつな》。

〈アトラス〉が、大きく揺らいだ。

気流の急変だった。メインスクリーンに表示される情報は最新のものだが、〝いま〟のそれではない。センサーが測定し、画面に表示されるまで、コンマ何秒か遅れる。そのわずかなタイムラグが、タロスの判断を狂わせた。

乱気流に巻きこまれ、〈アトラス〉は失速した。

いきなり高度が落ちた。

まばたきするほどの間に、八百メートル以上、垂直降下した。〈アトラス〉の桁材《けたざい》が、けたたましい悲鳴をあげた。

タロスは唇を噛み、頬をひきつらせてレバーを操作する。

〈アトラス〉が翻弄《ほんろう》される。下降気流は網だ。〈アトラス〉にからみついて、自由を奪う。絶対的なパワーがあれば脱出は容易だが、傷ついた〈アトラス〉には、それだけの余裕がない。

タロスは思考を捨てた。

〈アトラス〉は、本来、外洋宇宙船である。外洋宇宙船だが、大気圏内での飛行も可能な汎用《はんよう》タイプの宇宙船だ。

このような状況で操船するためのマニュアルは存在しない。

タロスは決断した。

この危機から脱するのに、もっとも必要とされるのは。

勘。

長い経験によってつちかわれた勘しかない。

〈アトラス〉の動きをタロスの肉体で捉え、同時に、勘を働かせて反射的にレバーを操作する。

賭けだ。

まさしく生命を張った賭け。

タロスは勝負にでた。

猛烈なGが、クラッシャーを襲った。

慣性中和機構の限界を超えた強引な転針。

〈アトラス〉は下降気流を逆用して揚力を得、まとわりつく不可視の網を破ろうと激しくもがく。

一歩間違えば、船体はずたずたに裂ける。

まるで渦に吸いこまれる木の葉のように、〈アトラス〉は容赦なく振りまわされた。

振りまわされ、螺旋《らせん》を描く。

金属音が、クラッシャーの耳をつんざいた。

船体がよじれ、引き裂かれようとする断末魔の悲鳴。

音が高まる。次第に甲高くなる。
その音が。
だしぬけに絶えた。
ふっと失《う》せた。
かすかに残っているような気がするが、それは耳鳴りだ。現実の音ではない。
回転運動から直線の水平飛行に戻った。Gも通常のレベルにまで下がった。
〈アトラス〉は放りだされた。ベクトルとベクトルのせめぎ合いで気流の網が破れた。
賭けに勝った。
〈アトラス〉は、再び上昇気流を捕捉した。
ひゅうと息が漏《も》れた。
タロスの呼吸音。
危機はつづいている。つづいてはいるが、絶体絶命のピンチはひとまずかわした。
タロスの吐息に。
バードの声が重なった。
「変動停止！」
コンピュータが結論を下した。
正しくは、プレートの変動が停止の方向に向かっているということだが、そんなことはどうでもいい。打ちこまれた重力場発生装置は、計算どおりに作動した。
ワッチがすめば、もうこの高度を維持する必要はない。
タロスは、ただちに反応した。
探りあてた上昇気流を最大限に利用して、一気に高度を稼ぐ。
手負いの〈アトラス〉が、荒れ狂う暴風を垂直に切り裂いた。
一万二千で雲が切れた。
〈アトラス〉のフロントウィンドウいっぱいに、蒼空《あおぞら》が広がった。
まばゆい陽光。眼下には、灰色の積乱雲が、果てしなく連なっている。
先ほどまでの嵐が、まるで夢のようだ。
高度一万四千で水平飛行に戻した。
戻してから、大きくターン。
ダンの指示だ。
「帰還する」
ダンは、そう言った。
タロスは宇宙港に針路を取った。
ビーコンをキャッチし、コースをフィックスした。
ダンが通信回路をあけた。

コールサインが261892４を呼びだす。

ザルバコフのパーソナル・コールサインだ。

すぐに応答があった。

## 5

「コールを待っていました」

映像が届く前に、しわがれた老技師の声が、スピーカーから流れた。まだ電波障害が残っているのだろう。映像は不鮮明で、ときおり大きく乱れる。それでも回復しつつあるのは明らかで、スクリーンに映しだされた老技師の顔は、たしかにザルバコフの顔として認識できた。

「プレートは止めた」ダンが言った。

「ドルロイから逃げだす必要はなくなったぜ」

「朗報ですね」

ザルバコフは安堵《あんど》の表情をつくった。

「振りだしに戻っただけだが」

「こちらにもお伝えしたいことがあります」

「ジュニアのことか？」

「そうです」

「アモスのタコが吐いたんだな！」

　横からタロスがわめくように言った。

「ホラーズという装置がありましてね」ザルバコフは淡々とつづけた。

「精神病の治療用に依頼されて開発したんですが、これを正規ではない方法でクランケの脳につなぐと、クランケは途方もない恐怖と不安感に襲われるようになるのです」

　ひゅう、とタロスが短い口笛を吹いた。

「つないだんだな。そいつを、アモスに」

　ダンが言った。

「クランケは恐怖から逃れるためになんでもします。機密を漏らすとか、忠誠を誓うとか」

「とんでもねえ装置を持ってやがる」

　タロスの眉が大きく上下した。

「で、ジュニアはどこに隠れていた？」

　ダンが訊いた。

「それはちょっとこの通信では」

　ザルバコフは返事をためらった。

「明かせないか」

「危険です」

「なるほど」

　ダンは首を縦に、軽く二、三度、振った。得心がいったというしぐさだった。この回路はオープンだ。しかも、電波障害がおさまっていない。届かないこともあるかわりに、予想外の場所に届いてしまう可能性も考えられる。杞憂《きゆう》かもしれないが、状況が状況だ。それなりの配慮はしておくべきであろう。

「ところで」ダンは話題を変えた。

「そこから、こっちのコンソールが見えるか」

「見えます」

　ザルバコフはうなずいた。

「どう思う？」

「計器の故障でないとすれば、飛行中とは誰も信じませんね。いつ墜落しても不思議ではありません」

「俺は奇跡が大好きなんだ」

　タロスが言った。

「搭載艇が激突して、メインエンジンが一基死んだ。クルーもひとり負傷した」

「どなたです？」

「ガンビーノだ。冷凍してカプセルに入れた。傷は重い」

ダンはカプセルから送られてきているデータにちらと目をやった。心臓は停止していない。脳波も一応、正常だ。老クラッシャーはまだ生きている。

「船は、いま、どこにいます？」

ザルバコフが訊いた。

「宇宙港の北北東だ。距離は四百十キロ」

タロスが答えた。

「宇宙港に向かっているんですね？」

「そうだ」

ダンがうなずく。

「それなら、わたしが宇宙港に連絡しておきましょう。ドクターとメカニックをそろえて待機させておきますよ。もちろん、わたしも、できる限り早くそちらに出向きます」

「ありがたい。助かる」

ダンは礼を言った。

「到着は九分後でさぁ」

タロスは口をはさんだ。

「ほかには何もありませんね」

ザルバコフが念を押した。

「以上だ。配慮に感謝する」

「当然のことですよ」ザルバコフは、かぶりを振った。

「では、またあとで」

通信が切れた。

スクリーンがホワイトアウトした。

ダンはすぐに回路をオフにしなかった。

モニターモードにして、チャンネルをサーチした。

「……解。着陸する！」

ものすごい感度で、音声交信が飛びこんできた。スピーカーが粉砕されそうだ。ダンは、あわててボリュームを絞った。

「……ちらナルジア・ネービー〈ヘイトン〉。降下させたのは八機だ。該当海域の天候は、依然として不良。全天候タイプの輸送機をできるだけ多く用意しておいてくれ」

「了解、〈ヘイトン〉。至急、かき集める。シャトルの受け入れ態勢は完了した」

切迫したやりとりだ。両者の甲高い声が、緊張を物語っている。

「こいつぁ」タロスが言った。

「例のねえちゃんが要請したナルジア海軍の救援隊だ。ようやく着いたってわけだな」

「これで後始末はなんとかなる」

ダンは通信回路をモニターからコールに切り換えた。

「あいつらに教えてやろう」

〈ラブリーエンゼル〉をコールした。

「はあいってば、はあい！」

前にも増して明るく、ケイがスクリーンにあらわれた。

ダンは、親指と中指でこめかみを押さえてうつむき、しばし瞑目《めいもく》する。

「また何かあったの？　こっちはいまからナイマン島の様子を見ようとしてたとこなのよ。調整は成功した？　それとも失敗した？　プレートは止まったの？」

呼びだしたダンが黙っているので、ケイが早口で訊いた。

すさまじい言葉のジャブだ。五連打である。

ダンは気をとり直すべく全身全霊をこめた。

じりじりとおもてをあげ、スクリーンに向き直った。

口をひらき、問いに答えた。

「成功した。プレートの変動は止まった。地震はしばらくつづくかもしれないが、規模は小さい。被害はないだろう。重力異常も徐々におさまっていくはずだ」

ひと息にしゃべって、深呼吸した。疲労が倍加している。

「ナイマン島はひどい有様よ」ケイは肩をすくめた。

「キャナリーシティは壊滅といってもおかしくはないわ。そっちが片づいたんなら、救援のほう、手を貸してくんない？」

貸せと言われても、貸せる状態ではない。

「いましがた通信を傍受した」ダンは言った。

「きみらが要請した救援の第一陣が宇宙港に到着したそうだ。すでに全天候タイプの輸送機で、ナイマン島に向かっている」

「向かってるって、おたくら、いったいどこを飛んでんのよ？」

言葉じりを捕らえて、ケイが追及してきた。

「宇宙港の北北東、百四十キロの洋上だ」

ダンの口調が、事務的になった。

「帰還中なの？」

「あまり問い詰めるな」ダンは顔をしかめ、眉根にしわを寄せた。

「〈アトラス〉が、ちょいとぐずっているんだ。このままじゃ、遠からず不調になる」

「つまり、墜落しそうなのね」

ケイは遠慮がない。

「クラッシャーは言葉を選ぶんだ」

ダンの表情が、いよいよ険しくなった。眉をひそめたうえに、目も吊りあがっている。

その顔に危機を感じたのか、

「わあったわ」ケイは引きさがった。

「気をつけて帰って。こっちはもう少しナイマン島の上空でねばっているから、何かあったら、すぐに教えてちょうだい」

「了解。着陸するまでに不調にならなかったら、必ずそうする」

絶対にしない、と誓いながら、ダンは答えた。

「またね」

いきなりユリが画面に割りこんで手を振った。

回路がオフになった。

「ううむ」

ダンはうなった。うなって、天井を仰いだ。

そのまま動かない。

「いいことだって、ありますぜ、おやっさん」バードが声をかけた。

「宇宙港は高気圧に覆われてます。ちっぽけな晴れ間ですがね。少なくとも嵐じゃない」

「そうか」

力のないため息のような声で、ダンは応じた。もはや事務的な口調ですらなくなっている。

「降りますよ」

レバーを操作しながら、タロスが言った。

高度が下がる。

積乱雲がせりあがってきた。

着陸まで、あと百二十秒。

## 6

管制塔に着陸を通告した。

無許可発進の件で何か言われるかもしれないと覚悟していたが、管制官はそのことには一言も触れなかった。触れないばかりか、無礼なほど慇懃《いんぎん》な口調で応対する。どうやら、ザルバコフがジュニアの名を使って〈アトラス〉受け入れの手配をおこなったらしい。救助隊の離着陸で宇宙港は閉鎖も同然のはずだが、〈アトラス〉の着陸だけは例外として優先的に扱われた。

滑走路があけられ、〈アトラス〉は大きく旋回して着陸コースに入った。動力ラインの不調はいよいよ著しい。出力をマキシマムにあげても、通常の半分以下だ。

ローリングしながら、よたよたと〈アトラス〉は降下した。滑走路の脇に消防車や救急車が待機している。突きあたりの端には、暴走に備えて緩衝《かんしょう》バリヤーも用意されている。

「よっぽどへたくそだと思ってやがるな。俺の操縦を」

タロスが嘆いた。墜落を免れているだけでも神技に等しいのだが、損傷の程度を理解していない目には、どうしても頼りない飛行と映ってしまう。

タロスは慎重に高度を下げた。バーニヤを巧みに使い、安定を保つ。たしかに、このあたり一帯は好天に恵まれている。しかし、快晴というわけではない。嵐の影響で雲も多いし、風も吹いている。風は横なぐりの突風だ。この状態であおられたら、確実に〈アトラス〉は地上に叩きつけられる。

北西の海上から、宇宙港に進入した。高度はとうに千メートルを切っている。ランディング・ギヤをだした。滑走路は、もう目の前だ。

センサーが、前方右手に乱流をキャッチした。竜巻ほどではないが、渦を巻いている。滑走路の真上、〈アトラス〉の針路を横切っていく。

高度三百メートル。

完全に着陸態勢だ。いまからでは、かわしようがない。このパワーで再上昇は不可能である。

強引に突っこんだ。

接地した。

同時に、バーニヤを吹かして船体を路面に押しつける。そして、逆噴射。

すさまじいショックがきた。

船体がきしむ。激しく振られる。

乱流を抜けた。

強烈な制動。

一気にスピードが落ちる。

ゆっくりと停止した。緩衝バリヤーは、やはり無用であった。〈アトラス〉は、そのはるか手前で滑走を終えた。

「へっ」

タロスの表情が緩んだ。

首をめぐらし、チームリーダーに向かって、拳を握り、親指を立てた。

ダンは右手を挙げて、そのしぐさに応《こた》えた。

動力をすべてオフにした。スクリーンの映像を船外のそれに切り換えた。消防車や救急車が四方から殺到してくる光景が映った。

「火なんかでてねえぞ」

タロスが憤慨《ふんがい》した。

十数台の緊急車輌が、〈アトラス〉を取り囲んだ。

呼びだし音が鳴った。

管制塔からだった。しかし、通信スクリーンには管制室でなく、白衣を着た中年のドクターが映った。

「患者を至急、救急車に移してくれ」ドクターは言った。

「手術は、宇宙港の管理ビルにある診療所でおこなう。機材はすでに運びこんだ。スタッフもそろっている」

「了解。指示に従う」ダンが応じた。

「患者は、冷凍カプセルに入っているから、車輌は船体後部の左舷にまわしてくれ。カプセルごと降ろす」

「わかった。すぐにやらせよう」

ドクターは大きくうなずいた。

通信が切れた。

「あっしがやります」

ダンが口をひらく前に、バードが動いた。

シートから立ちあがり、コクピットから姿を消した。

ダンはメインスクリーンを二面マルチに切り、一面に左舷の貨物用《カーゴ》ハッチの映像を入れた。もうひとつの画面には、近づいてくる救急車が映っている。

左舷のハッチがひらいた。扉が外側に倒れ、そのまま傾斜路《ランプ》になった。救急車がまわりこみ、リヤを傾斜路に向けて停止した。バックドアを上方に跳ねあげる。

二本のマニピュレータに支えられたカプセルが、ゆっくりとハッチからせりだした。

また呼びだし音が鳴った。

今度は整備ドックからだった。若い造船技師がスクリーンにあらわれた。

「〈アトラス〉をドックエリアに移送します」技師は言った。

「牽引車《けんいんしゃ》を船尾にドッキングさせますので、フックをだしてください」

「俺たちは?」

タロスが訊いた。

「乗船したままで結構です」

「オーケイ。カプセルを降ろしたら、すぐに準備する」

通信を切り、ダンはメインスクリーンに視線を戻した。カプセルが救急車に移され、バックドアが閉じるところだった。

「バード」

ダンはインターコムでカーゴルームのコントロール・チャンバーにもぐりこんでいる機関士を呼んだ。

「へい」

インターコムの小さなスクリーンにバードの顔が映った。

「牽引車がくる。船尾のフックをだしてくれ。ドックに行く。下船の必要はない」

「わかりやした」

バードは敬礼するように、右手を額にかざした。

牽引車輛が、やってきた。

船尾にまわり、牽引アームをバードがだした大型のフックに引っかけた。

軽いショックがあって、〈アトラス〉は動きだした。

前進ではない。後退である。窓外の景色が、慣れない方向に向かって流れていく。

バードが戻ってきた。

「左舷はぐちゃぐちゃでしたぜ」

シートに着くなり、大声でそう言った。ぼやきとも、報告ともつかない口調だ。

「格納庫の手前がざっくりとえぐれてて、カーゴハッチもコントロール・チャンバーも、あやうくおしゃかってとこでさァ」

「通路の隔壁は降りてたか？」

タロスが訊いた。

「降りてた。おかげで派手なまわり道をくらったんだ。一層下って、迂回《うかい》してから昇り直しときた。うんざりだね」

バードは肩をそびやかした。外鈑が破れると、通路に隔壁が降りて、破損箇所は自動的に閉鎖される。隔壁は外鈑が修理され、そこの気圧が正常にならない限り、もとには戻せない。

「修理がすんだら、ジュニアと決着だ」

ダンがつぶやくように言った。チームリーダーは腕を組み、硬い表情で唇を噛んでいる。

「ばっちりやるんですかい？」

タロスの目が鋭く炯《ひか》った。

「白黒がつけられなかったら、この稼業はこれっきりになる」ダンはシートを回転させ、タロスとバードの顔を交互に見た。

「勝負は生きるか死ぬかだ。それしかない」

「おもしれえや」

タロスが笑った。笑いながら、両の拳を力いっぱい握った。肩と腕の筋肉が隆々と盛りあがった。

「首ねじ切って、海の底に沈めてやるぜ」

バードも笑顔を見せた。

凄惨《せいさん》な笑顔だった。

〈アトラス〉が、ドックエリアに入った。

# 7

船体の左手に、十階建ての細長いビルが聳《そび》え立っていた。宇宙港の管理ビルである。ガンビーノが運びこまれた診療所は、このビルの八階にある。

〈アトラス〉が停まった。

「ここで下船してください」

通信が届いた。

三人のクラッシャーは、船から降りた。

タラップを下ると、メカニックマンや作業ロボットの一群を引きつれた造船技師が、待っていた。先ほど〈アトラス〉移送の件で連絡してきた若い技師だ。ドルロイの技師の制服である、クリーム色の半袖の上着に、同じ色のつばの小さな帽子をかぶっている。

「パク・ソンです。ここのサブをまかされています」

技師は、ダンに手を差しのべた。まだ二十代の半ばであろう。モンゴロイド系の幼い顔立ちをしている。

「クラッシャーのダンだ」

ダンは、パク・ソンの手を握った。タロスとバードも握手を交わし、名を名乗った。

「修理のことは、チーフから聞いています」

パク・ソンは言った。チーフとはザルバコフのことらしい。あの老技師は、アクメロイドの開発主任というだけでなく、ドルロイの技師の統括責任者でもあるようだ。

「この船は、ここで建造されたものです」パク・ソンは、〈アトラス〉を指し示した。

「修理は、他社の船よりも容易でしょう。しかし、見たところ損傷は軽微ではありません。ここのメカニックと造船の専用ロボットを総動員して修理にあたりますが、ある程度の時間は、どうしても必要です」

「ある程度とは？」

ダンが訊いた。

「断言はできませんが、おそらくは三、四時間」

「そんなもんでいいのか！」

タロスが目を剝《む》いた。深刻な表情である程度と言われて、丸一日、へたをすると二日くらいはかかると思っていたのだ。

「ドルロイで宇宙船の修理に四時間も費やすことはめったにありません」微笑を浮かべて、パク・ソンは言った。

「これほどの損傷を蒙《こうむ》ったら、墜落するのがふつうです。落ちないまでも、洋上に不時着して沈没します。その場合は、いずれにせよ、修理どころではありません。〈アトラス〉は、あの暴風の中を飛行して、宇宙港に帰還しました。帰還がかなうレベルの修理でしたら、だいたい一時間もあれば十分です。それが、われわれにとっては常識なんです」

「そいつぁ、正論だ」

パク・ソンの説明に、バードが納得した。〈アトラス〉をここまで引っぱってこられたのは、ひとえにクルーがクラッシャーだったからである。損傷が軽かったからではない。

「にしても、すごい自信だ」タロスが首を左右に振りながら言った。

「うれしくなってきたぜ」

相好を崩している。

「修理の見通しについては、わかった」ダンが言った。

「ところで、ガンビーノの容体に関しては、何か耳にしていないかな？」

「そこの診療所に運びこまれたクラッシャーですね」パク・ソンはビルのほうを振り返った。

「手術《オペ》を開始したことは知っていますが、その後の経過は不明です。詳細をお知りになりたいのなら、直接行って、ドクターに訊かれるのがいちばんでしょう。船はこのままわたしたちにまかせて、みなさんは向こうに行かれたらいかがですか？」

「そうだな」

ダンは小刻みにうなずいた。どうしようか迷っている。手術室の前でやきもきしているのは、クラッシャーには似合わない。しかし、仲間の容体は気にかかる。

「ヴァーリィ」パク・ソンは、うしろに従えているメカニックのひとりを呼んだ。

「この人たちを八階に案内してくれ」

あっさりと命じた。

「わかりました」

ヴァーリィは、一礼した。

「こちらへ」

クラッシャーの前に立った。

ここまで気を遣《つか》われては、ためらっているわけにもいかない。

「ちょっと覗いてみるのも、一興《いっきょう》ですぜ」

タロスが助け船をだした。

その言を受ける形で、ダンはパク・ソンの勧《すす》めに応じた。

「そうかもしれん」

「チーフが到着したら、すぐに、そちらに行かせます」

ヴァーリィの先導で歩きだした三人の背後から、パク・ソンの声が追いかけてきた。

管理ビルは、シンプルなデザインの、機能的な建物だった。一般人の立ち入りは禁止されている。玄関の前にゲートがあり、そこでIDカードをチェックされるのだ。

クラッシャーには、特別許可がおりていた。これも、ザルバコフの手配である。

ビルの中に進んだ。

エレベータに乗った。八階で降りた。

八階は、フロアすべてが診療所になっていた。宇宙港の職員専用の病院である。

清潔な通路を抜け、手術室の脇にある控室へと連れていかれた。壁の中央に手術室に至るドアがあるが、窓はない。ドアの上には〝手術中〟の文字が表示されている。中でおこなわれているのは、むろんガンビーノの手術だ。

ヴァーリィがインターコムの受話器を把《と》り、何ごとか告げた。

手術室のドアがひらいた。白衣を着た長身の男が、中からでてきた。

「ドクター・ハイデンです」

ヴァーリィが男をクラッシャーに紹介した。

ハイデンと三人のクラッシャーは、互いに挨拶を交わした。交わし終えるのを待って、ヴァーリィは作業があるからと、その場を辞した。

「どうぞ、こちらへ」

ハイデンが、控室のソファに三人を誘った。ハイデンは五十二歳。スリムな体格のもの静かな紳士である。今回は、執刀医ではなく、オブザーバーとして手術に立ち合っている。

四人の男は、テーブルをはさんで腰をおろした。

「容体は、良好です」誰よりも早く、ハイデンが口をひらいた。

「砕かれた骨を接合する複雑な手術ですが、順調に進んでいます。生命にも別状はありません」

「まったく、しぶといじいさんだぜ」

タロスが言った。言葉とは裏腹に口調はやさしい。頬も緩んでいる。

「骨折は何か所ですかい？」

バードが訊いた。

「九か所、六本です」

　内訳は、鎖骨が一本、二か所。肋骨が三本、四か所。背骨が二か所、大腿骨が一か所であった。ほかに左肩と右足首に脱臼《だっきゅう》が見られる。

「内臓は？」

　今度はダンが訊いた。

「肺ですね。腎臓にも出血があります。しかし、いずれもたいしたことはありません。耐圧服が、かなりショックを軽減したようです。それに、患者の体力も並外れています」ハイデンは両手を広げ、てのひらを上に向けた。

「冷凍解除したら、すぐに意識を取り戻しまして、手術を急げと主張されるのです。これには心底驚きました」

「じいさんらしいや」

　タロスが苦笑した。

「手術は、まだ時間がかかるんで？」

　バードが口をはさむ。

　ハイデンは壁の時計に目をやった。

「二時間ってとこですね」しばらく考えてから、問いに答えた。

「手術を受け持っているドクター・シンは、卓越した技術の持ち主です。それ以上かかることはないでしょう」

「そりゃ、けっこうで」

バードは長い息を吐いた。

会話が途切れ、少し間《ま》があいた。

「失礼します」

その間をきっかけに、ハイデンが立ちあがった。

「まことに残念ですが、そろそろオブザーバーに戻らなければなりません」遠慮がちに、言葉をつづけた。

「気懸りな二時間になるでしょうが、手術室にはお呼びできません。どうか、ここでお待ちください」

頭を下げた。

どこまでも、丁寧《ていねい》なドクターである。

がさつで知られるクラッシャーも、あわてて礼を返した。

きびすをめぐらし、ハイデンは手術室に戻った。

と。

かれと入れ替わるように。

ザルバコフがあらわれた。

絶妙のタイミングである。

足音を荒らげない程度に早足で、ザルバコフは控室に飛びこんできた。ひとりではなかった。身長一メートルほどの小柄なロボットを引き連れていた。

「どうなってます？」

ダンの顔を見るなり、ザルバコフはそう訊いた。

「無事ですよ。じいさんは」

チームリーダーに代わって、タロスが答えた。

「たったいま、ドクターに経過を聞いたんだ」

ダンがつけ加えた。ダンはハイデンの話をかいつまんでザルバコフに伝えた。

「したがって、あと二時間はここで時間をつぶさなければならない」

「では、ジュニアの行方は、どうしましょう？」

ひそめた声で、ザルバコフは質問を重ねた。

「ここで聞く」

ダンはソファに腰かけるよう、ザルバコフをうながした。

ハイデンが座っていた位置に、ザルバコフがおさまった。ロボットは、その傍らに立った。アクメロイドと違って、ヒューマノイド・タイプではない。細長い円筒形のボディに、横倒しにした卵形の頭部がくっついている。頭部の正面には、レンズやメーターや端子が、顔の造作を模して並べられている。足はない。車輪走行だ。車輪の横には、不整地用に、キャタピラが収納されている。腕は人間のそれに近いデザインだが、指は三本である。動きはスムーズで速い。

「ドンゴという万能型のロボットです」本題に入る前に、ザルバコフはロボットを紹介した。

「あなたがたにさしあげようと思って、ここに連れてきました」

「くれる？　俺たちに」

クラッシャーはいぶかしんだ。ロボットをほしがった覚えはない。

「ガンビーノはたしか、航法士《ナヴィゲータ》でしたね」

ザルバコフは言った。

「そうだ」

「ドンゴは万能型ですが、ナヴィゲートをもっとも得意としています」

「ははあ、じいさんのピンチヒッターか」

タロスがうなずいた。

「パイロットも機関士も兼ねられます」

「そいつは、便利だが、しかし……」

「何より肝腎《かんじん》なのは」ザルバコフは、ダンの言をさえぎった。

「ドンゴの記憶バンクに、バリシア島のデータが納められているということです」

「バリシア島？」

「そうです」ザルバコフの声が、低くなった。

「その島に、ジュニアはひそんでいるのです」

## 8

二時間は、またたく間に過ぎた。

手術中のサインが消え、控室にでてきたハイデンに声をかけられてはじめて、手術が終わったことをダンは知った。

それほどザルバコフがもたらした情報は、クラッシャーを熱中させた。

手術室から、ホバーベッドがあらわれた。地上百五十センチの高さに浮いているベッドを看護婦が押している。シーツにくるまれてベッドに横たわっているのは、言うまでもなくガンビーノである。

クラッシャーとザルバコフは、ホバーベッドのまわりに移動した。

「よう」

ガンビーノが意外に力のある声を発した。

「シーツが邪魔だな」タロスが言った。

「本当に怪我人かどうか、わからねえや」

「痛みはないのか？」

　ダンが訊いた。

「局所麻酔が効いています。二十時間は無痛でしょう」

　ガンビーノではなく、付き添っているドクターが答えた。ずんぐりした体格の四十歳くらいの医者だ。これが執刀医のドクター・シンであろう。

「入院一か月って感じだなあ」

　バードが言った。

「いいえ」ドクター・シンはかぶりを振った。

「本人が拒否しました。入院はしません。このまま退院します」

「なに？」

　クラッシャーは三人そろって目を丸く見ひらいた。

「どういうつもりだ、ガンビーノ」

　ダンは色をなした。致命傷ではないといえ、手術に三時間近くを要した重傷である。十分な養生《ようじょう》もしないで、宇宙船に乗り組めるはずがない。

「どういうつもりも、こういうつもりもない」ガンビーノは言った。

「わし抜きで、みんな楽しむ気でいるんだろう。そんなことをみすみす許せるものか」

「まともじゃないぜ、このじいさん」

　タロスがうなった。

「クラッシャーがまともなはずがあるか」ガンビーノは切り返した。

「おまえだって、わしの立場になれば、同じことをする。それがクラッシャーじゃろ」

「う」

　タロスは返答に詰まった。

　何もかも図星だ。楽しむつもりなのも、まともでないということも」

　ガンビーノのいう楽しみとは、ジュニアとの決着のことである。

「ドクター、このじいさんを宇宙船に乗せても、くたばったりはしないか？」

　ダンはドクター・シンに訊いた。

「後遺症の問題だけですね。死なないことは保証できます。もう一度、外鈑に叩きつけられても大丈夫でしょう」

「けっこうな保証だ」ダンはガンビーノに向き直った。

「連れてってやるよ。最高の旅に」

「当然じゃ」

　ガンビーノはあごを前に突きだした。まともに動かせるのは、そこだけである。

「俺が押す」

バードがホバーベッドを看護婦から引き取った。

「いいんですか、本当に」

ザルバコフがダンに囁いた。

「クラッシャーは本人の希望優先がルールなんでね」ダンは肩をすくめた。

「たとえ、死ぬときであっても」

エレベータに乗った。

ドクターと看護婦がいなくなった。

「わかったんだろうな、カネークの行方は？」

邪魔者が失せたので、さっそくガンビーノが訊いてきた。

「わかった」

ダンは短く答えた。

「決着は？」

「いつだ？」

「つける」

「〈アトラス〉が直り次第」

一階に着いた。四人の男とひとりの負傷者と一台のロボットはエレベータから降りた。

玄関のホールには人がいる。ガードマンやメカニックマンだ。ガンビーノとダンは、口をつぐんだ。

「何度でも言っているでしょう。それはあせりすぎです」玄関をでて、ゲートを過ぎたところで、ザルバコフがダンに向かって、口をひらいた。

「行くなとは言いませんが、修理がすみ次第というのはむちゃです。もう少し慎重に動いたほうが確実じゃありませんか。あそこは要塞みたいなところです。しかも、詳細は、わたしたちにも知らされていません。正面から行ったら、命を捨てるようなものです」

修理中の〈アトラス〉の近くに、パーツを運ぶのに使用された大型のコンテナが置いてあった。五人と一台は、そのコンテナの前にきた。

「もういい」ダンはかぶりを振った。

「危険は先刻、承知している。なんと言われても、気を変えるつもりはない。俺たちは、あいつをこのままにはしておけないのだ」

「ですが」

「あいつって、誰のことかしら？」

いきなり声が飛んだ。

コンテナの蔭からだった。

五人の足が、いっせいに止まった。ザルバコフは三十センチほど垂直にジャンプした。

どこにどう隠れていたのか。

娘がふたり、コンテナの脇に立っている。

ケイとユリだ。

「おめえらは」タロスはふたりを指差した。「えらく芝居がかったあらわれかただな」

つぶやくように言った。

言ったが、そのあとがつづかない。

ふたりは、これまでと違っていた。服装も。雰囲気も。

ふたりは銀色の短上着と、同色のホットパンツを身につけていた。靴は七センチヒールの編上ブーツ。色はやはり銀色だ。そして、腰にホルスター。その中には、ケイがヒートガン、ユリがレイガンをぶちこんでいる。

「ぐるるる」

ふたりの背後に、黒い影が出現した。

人ではない。巨大な四足獣。クラッシャーには見覚えがある。〈フォックスバット〉を操縦していたムギとかいう得体の知れない動物だ。

「！」

ザルバコフが息を呑んだ。気配が伝わった。ダンは横目で、その表情をうかがった。

ザルバコフは蒼白《そうはく》になっていた。顔から血の気が失せ、唇をわなわなと震わせている。

「どうやら、ザルバコフさんだけが、あたしたちの正体を知っているみたいね」

ユリが言った。声が凛《りん》と響く。有無を言わせない力がその響きにはある。

「その服。そして、クァール」しわがれた声を、ザルバコフは喉の奥から絞りだした。

「まさか、そんな」

「何が、まさかなの？」

ケイが問う。

「ダーティペア。きていたなんて」

「ダーティペア？」タロスが眉をひそめた。

「聞いたことあるぞ、その名前、たしか、ノグロスの……」

「じゃあ、WWWAは動いていたのか！」

だしぬけに、ザルバコフの声が高くなった。

「あなたの望みどおりにね」

ケイが言った。

「どういうことだ？」

予想だにしなかったやりとりにとまどい、ダンが訊いた。

「あたしたちは、WWWAのトラブル・コンサルタントよ。アクメロイド殺しの一件が提訴され、捜査のために派遣されてきたの」

ケイが答えた。

「WWWAのトラコン」

ダンは絶句した。

WWWAとは銀河連合に付属する公共事業機関のひとつだ。正式名称は世界福祉《ワールズ・ウェルフェア・》事業協会《ワーク・アソシエーション》（WORLDS WELFARE WORK ASSOCIATION）という。人類に関して発生したあらゆるトラブルに対し、それをみずから解決できるか、あるいは解決に至るまでの助言を与えられる能力を有した人材を確保し、養成し、連合に加盟している国家の要請を受けて、そこにその人材を派遣することを目的とした特殊な組織である。そこで養成された人材はトラブル・コンサルタント、略してトラコンと呼ばれ、連合に加盟している国家においては、出入国はいっさい自由で、独立した捜査権すら認められている。また犯罪担当のトラコンならば、武器の使用すらも制限がない。

「思いだしたぞ」タロスが大声をあげた。

「ノグロスの反乱だ。あんときダーティペアと呼ばれるトラコンが反乱を鎮めて、ついでにノグロスを死の星にしちまったんだ」

ダーティペア。

その名は全銀河系に華々しく轟《とどろ》いている。

WWWAの犯罪担当トラコンで、まかされた事件は必ず解決する。解決はするが、恐るべき死と破壊が、そのあとには残される。ダングルでは、軌道ステーションが惑星に落下して百三十万人が犠牲になった。ラメールはスペース・スマッシャーで地殻がずたずたに裂け、地表がたぎるマグマに隈《くま》なく覆われた。ノグロスもチャクラもそうだ。壊滅的な打撃を蒙り、多くの人が死んだ。

絢爛《けんらん》と輝く、忌まわしい業績。

その忌まわしさゆえに、ついた仇名《あだな》がダーティペア。

ラブリーエンゼルという正式のコードネームがあるのに、誰もその名では呼ばない。

彼女たちを知るすべての人が、こう呼ぶのだ。

ダーティペア。

美貌の死神。

## 9

「犯人はあなたね。ザルバコフ」

いきなりユリが言った。

前触れも何もなかった。唐突に前に進みでて、白く細い指をザルバコフに向かって突きだした。

衝撃的な一言だった。

その言葉が、クラッシャーから瞬時、思考を奪った。ダーティペアの名の由来も、ノグロスやダングルの悲劇も、一瞬にして吹き飛んだ。

「ドルロイの技師は、アクメロイド計画を嫌っていたのよ」黒い瞳に強い光を宿らせ、ユリは言葉を継いだ。

「あの計画はなんとしても阻止したかった。でもザルバコフには、それができなかった。ジュニアの性格をよく知っていたから。開発を拒否したら、失脚どころか、命までもがあやうくなる」

「…………」

ザルバコフは蒼《あお》ざめたまま震えだした。膝がかくがくしていまにも倒れそうになった。

「そこでザルバコフは一計を案じた」ユリの言葉は、さらにつづく。

「完成しているアクメロイドを何体か破壊し、その罪をクラーケンになすりつけるという周到なプランだった。ドルロイには、ちゃんとした公安組織がない。ジュニアの親衛隊か、せいぜい自警団があるくらい。だから、濡衣《ぬれぎぬ》を着せられたクラーケンは、潔白を証明するために地球連邦政府に泣きつくだろうとザルバコフは読んだのよ。そうなれば、連邦政府が捜査官を派遣してくる。あるいは、WWWAが提訴を受けて、トラコンをドルロイに送りこんでくる。連邦政府の捜査官は、アクメロイドの秘密が漏れるのを恐れるジュニアによって、自治権の独立を盾《たて》に入国を拒否されるかもしれない。しかし、トラコンは違う。かれらの存在は自治権を超えている。いずれのケースにせよ、外部の捜査の手が入って、アクメロイド計画は露見《ろけん》することになる。うまくいけば、アクメロイドの正体が殺人マシンだってことも暴かれる」

「…………」

「読みは、おおむね当たったわ。違ったのは、提訴がすぐにWWWAにまわったこと。中央コンピュータが、ザルバコフの先を読んでトラコンに秘密捜査を指示したこと。そして、もうひとつ。ジュニアがクラッシャーを雇って、ドルロイの再改造計画を実行に移したこと。この三点のうち、前ふたつはクラーケンが提訴したかどうかがわからなくなり、ザルバコフを不安に陥れた。あとのひとつは、もっと切実。再改造によってクラーケンがドルロイから追いだされてしまったんでは、ザルバコフの目論見《もくろみ》は根底からついえてしまう」

「…………」

ザルバコフが崩れた。立っていられなくなったのだろう。膝をつき、許しを乞うように天を仰いだ。しかし、ユリの告発は、まだ先がある。

「アクメロイド殺しが不発に終わったと思ったザルバコフは、アクメロイドを使ってクラッシャーを始末し、再改造計画をつぶそうと企んだ。ところが、それも結局は失敗した。その失敗が、あたしたちに多くの情報をもたらしたのよ。その情報をもとに、あたしたちは、この推理を組み立てた」

「そうだったのか」

ダンがつぶやいた。謎は鮮やかに解かれた。事件はその全容をあらわにした。ユリとケイによってベールをむしりとられ、剝《む》きだしにされた解答を、ダンは空白部分にはめこんだ。すべてのピースが、ぴたりとおさまった。

「わたしは、わたしは」

ザルバコフは両手を地面につき、ひざまずいたまま悲痛な声を喉の奥から絞りだしている。

「いいのよ」

ユリの口調が、ふっと穏やかになった。

いたわるような響きの、やさしい声。告発するときの鋭いそれではない。

「もう苦しまなくてもいいわ。あたしはあなたを糾弾《きゅうだん》したわけじゃないの。ただアクメロイド殺しの全貌を明らかにしただけよ。この事件は解決したわ。非合法アンドロイドのアクメロイドを殺しても罪にはならない。なるとすれば、それをつくらせた人物。その人物の事件だけが、まだ解決していない」

「ジュニアのことね」

ケイが口をはさんだ。

「ヤクザを雇い、殺人マシンをつくらせ、揚句の果ては、ドルロイを壊滅に追いこもうとした張本人」

ユリの柳眉がきりきりと逆立った。

「あたしたちはノボ・カネーク・ジュニアを逮捕するわ」ケイが言った。膝を折り、上体をかがめて地面にへたりこんでいるザルバコフの顔を覗きこんでいる。「アモスを締めあげて、ジュニアの居場所を突きとめたんでしょ。お願い。あたしたちに、その場所を教えて」

「それは」

ザルバコフがおもてをあげた。

「待ちな！」

鋭い声がザルバコフを制した。

「そいつはですぎたマネだぜ」

タロスの声だった。

巨漢のクラッシャーはケイとザルバコフとの間に割りこんだ。

肩をいからせ、ダーティペアを睨みつけた。

「ですぎたマネ？」

言われたケイはきょとんとしている。

「この件のおとしまえは、俺たちがつけるんだ」タロスはつづけた。

「WWWAだかNWWAだか知らねえが、女子供に出番はない。悪いが、すっこんでてくれ」

タロスの双眸には殺気があった。絶対に譲らないという強い意志がみなぎっていた。

「手を引くわけにはいかないわ」

ケイではなくユリが応じた。

声が甲高い。横槍を入れられて、ユリはタロス以上に、むきになっている。

「おとしまえをつける権利なんて、あなたたちにはないのよ。手をだせば犯罪者になるだけ。すっこんでるのは、あなたたちのほうじゃないの」

「俺たちは面子をつぶされたんだ」バードが言った。

「死刑になろうが、筋は通す。でなきゃ、この世界では生きていけねえ」

「馬鹿げてるわよ！」

「るせえ」

「折衷案《せっちゅう》があるわ」ケイが言った。

「一緒に行って、まず、あたしたちが投降を呼びかけるの。ジュニアがそれに応じたら、それでこの件はおしまい。武器を把《と》って抵抗したら、あんたたちの力を借りる。あたしたちは公式の捜査官。どんな派手な戦闘をやっても、正当な交戦になる。これなら、筋だって通せるでしょ」

「お笑いぐさだ」タロスは不快そうに頰を震わせた。

「おとしまえに正当もクソもない。殺《や》るか殺《や》られるかだ。投降だのなんだの、ガキの遊びにつき合ってられるか！」

「勝手なマネはさせないわ」

ケイの顔が紅潮した。表情が強張り、指がヒートガンのグリップにかかった。

「なんだと！」

タロスの血も逆流した。

腰を落とし、ホルスターに手を伸ばした。

口でのやりとりは面倒だ。銃での決着は望むところである。

緊張が、頂点に達した。

いまにも、決闘がはじまる。

「やめてくれ。待ってくれ！」

ザルバコフがふたりの間に飛びこんだ。

間一髪だった。

両腕を大きく横に広げ、目を吊りあげてタロスとケイの顔を交互に見た。

「こんな諍《いさか》いはごめんだ」ザルバコフは声を張りあげた。

「言うぞ。わたしは言う。カネークはバリシア島にいる。アモスをホラーズにかけて吐かせたんだ。ポリグラフでもチェックした。嘘はついていなかった」

絶叫だった。

腹の底から絞りだした、必死の叫び声だった。

「ちいっ」

タロスが舌打ちした。

## 10

「内輪もめは、やめてくれ」

両の手を合わせ、拝《おが》むようにケイとタロスに向かってザルバコフは懇願《こんがん》した。

「バリシア島は恐ろしいところだ。クラッシャーだけでは陥《おと》せない。トラコンだけでも攻略できない。両者の協力が絶対に要《い》るんだ！」

「いったい何があるの？　バリシア島には」

ケイが訊いた。ザルバコフの気迫に押されて、赤毛のトラコンはグリップから手を離している。

YAS.

「ジュニアの別荘だ」

まだうわずったままの声で、ザルバコフは答えた。

「別荘？」

「外国の企業と組んでジュニアが建設した別荘がある。総合的なレジャーセンターをめざしたということで、まだ未完成とされているが、それは嘘だ。建設に狩りだされたわれわれはそのことを知っている。別荘はとうに完成しているのだ。それも、別荘などではないものとして」

「別荘じゃない」

「あれは要塞だ。難攻不落の邪悪な城だ」

目を血走らせ、憎悪をこめてザルバコフは言葉を吐きだす。

「企業の名は、なんて言うの？　ジュニアと組んだ」

ケイが問いを重ねた。身をのりだし、眉間《みけん》に縦じわを寄せている。そこはかとなく顔色が悪い。蒼ざめている。

「トーレスのイザヤ観光開発」

「くっ」

ケイは唇を噛んだ。はっきりと血の気が引いた。

「イザヤ観光開発？」タロスは右の目をすうっと細めた。

「なんだ、そいつは？」

「初耳だな。その会社」

バードも首をかしげている。

かしげて、説明を求めるようにケイを見た。

しかし、ケイは応じない。唇を嚙んだまま凝然《ぎょうぜん》と立ち尽くしている。

「『ルーシファ』よ」

ケイに代わって、低い声でユリが言った。ユリの顔も蒼白だ。ただでさえ白い肌が、いまは透き通ったようになっている。

「ＷＷＷＡのブラックリストのトップに名前が刻まれているわ。裏の世界を支配する『ルーシファ』が表に向かってあけた窓口。それがトーレスに本社を置いているイザヤ観光開発よ」

「ダミー企業か」

タロスが言った。

「冗談じゃないぜ。『ルーシファ』がからんでいたなんて」

バードは目を剝いている。

イザヤ観光開発は知らなくても、『ルーシファ』ならクラッシャーはよく知っている。

銀河系を股にかけた超大型の犯罪シンジケートだ。

血縁を重視した非合法組織で、暗黒街のほとんどは『ルーシファ』に牛耳《ぎゅうじ》られていると決めつけても過言ではない。宇宙海賊ですら、その半数は『ルーシファ』の支配下にあるといわれている。

裏の組織である『ルーシファ』は、ダミーの企業をつくって、表の世界に顔をだしている。ダミー企業は、裏で掻《か》きあつめられた潤沢《じゅんたく》な資金をばらまいて、表の世界を征服しようとする。ダミー企業に雇われたクラッシャーが犯罪の片棒をかつがされていたなどという事件は珍しくもなんともない。日常茶飯事である。全人類の敵『ルーシファ』は、クラッシャーにとっても憎むべき悪魔であった。

「そうよ。きっと、そうだわ！」

凝固していたケイが、だしぬけに大声をあげた。

何かに思いあたったらしい。

「アクメロイドを発注したのも、きっと『ルーシファ』よ」ケイは言った。

「それで、つじつまが合うわ。並みのギャングじゃ無理よ。あんな高級セクサロイド、いくら量産できたって、そのへんのチンピラの資金じゃ手に負えない」

「たしかに、そうだ」

バードがうなずいた。うなずいてから、タロスに目をやった。

「……………」

タロスは硬い表情で、口をつぐんでいた。

両の手が拳を握っている。すさまじい力が、その拳にはこめられているのだろう。指が白い。肘《ひじ》から下が、小刻みに震えている。

「どうするの。あくまでも、あたしたちを無視するつもりなの？」

ケイはダンに向き直った。クラッシャーのチームリーダーは、先ほどからほとんど言葉を発していない。腕を組んだまま一点を見据えている。

ダンの視線が、ゆっくりとケイに向けられた。

「ものには、道理ってやつがひそんでいる」静かに口をひらいた。「男を売っていても、突っぱっていいときと、そうでないときがある。男を売るには、見境なく突っぱるんでなしに、そのことも見極めて動かねばならない。そうやって見極めた結果を、俺たちは道理と呼んでいる」

「この件の道理はどうなっているの？」

ケイは問う。

「突っぱったところで、ともに益はない」

「おやっさん！」

タロスが怒鳴った。

「もうよかろう」ダンは口の端に、薄い笑いを浮かべた。

「キャナリーシティの市庁舎で組めて、バリシア島で組めないということはあるまい」

「あれは成り行きですぜ」

タロスは食いさがる。

「これも成り行きだ」

ダンはぴしりと言った。

「…………」

タロスは返答に詰まった。詰まって言葉を失い、棒立ちになった。

「決まりね」

ケイが言った。

「ああ」ダンはあごを小さく引いた。

「組ませてもらうぜ」

「よかった。本当によかった」

ザルバコフが言った。涙声だった。

「これが、バリシア島の座標です」

ドルロイの技師は、クリーム色の制服のポケットから超小型ディスクを取りだして、ユリに渡した。ドンゴの記憶バンクに納めてあるものと同じ情報である。バックアップ用にコピーしてあった。

「位置は、ミスト島のほぼ真裏と考えていただいてけっこうでしょう」ザルバコフは言を継いだ。

「ちっぽけな島です。周囲が、五キロあるかどうか」

「どうして、そんな小さな島に別荘を？」

ケイが訊いた。

「万が一を考えたんでしょうね。バリシア島はこちらのプレートとはつながっていません。だから、インスマック法の暴走があっても大丈夫と踏んだんです」

「自分だけ助かろうって肚《はら》だったのね」

「心の底まで腐りきった野郎だ」

タロスが言った。吐き捨てるような口調だった。

「キャハハ。〈あとらす〉ノ修理ガ完了シマス」

ドンゴがどこからともなくあらわれて、けたたましい声を撒《ま》き散らした。ロボットは、ダーティペアとクラッシャーが言い争っている間に、作業の進行具合をチェックしてきた。

「なんなの、これ？」

ユリがドンゴを指差した。

「うちで試作したドンゴというロボットです」ザルバコフが言った。

「ガンビーノが負傷して、チームがお困りのようだったので、さしあげたのです」

「てやんでぇ、ロボットなんかにナヴィゲータ・シートは渡さんぞ！」

ザルバコフの声を聞いて、ガンビーノがわめいた。ホバーベッドの上で、顔を真っ赤に染めている。できるものなら、そこから飛びおりてドンゴを叩きつぶしてしまいたいが、それは不可能だ。麻酔が切れるまでは、首から下は指一本動かせない。

「もうひとつ、わたしからのプレゼントを、勝手だとは思いましたが、〈アトラス〉に届けておきました」

ザルバコフは首をめぐらして、ダンを見た。

「この上、何を？」

怪訝《けげん》そうに、ダンはザルバコフを見返した。

「ジャケットです。クラッシャー専用に開発した」

「ジャケット？」

「宇宙服にもなり、防弾効果も高く、武器も備えている万能タイプのジャケットです。ぜひお召しになってください」

「へっ、至れり尽くせりだぜ」

タロスが言った。ニヤニヤと頬を緩めている。

轟音が耳をつんざいた。巨獣の咆哮《ほうこう》にも似たエンジン音だ。宇宙船の牽引車である。

いったんドックの隅に戻されていた牽引車が、〈アトラス〉の修理完了と同時に動きはじめた。

折り畳まれていたアームを伸ばし、牽引車は〈アトラス〉の船尾にドッキングした。巨大な船体が、ちっぽけな牽引車に引かれて、ゆっくりと移動を開始する。ドックから滑走路へと運ばれていくのだ。〈アトラス〉の修理は完全に終わっている。エンジンは換装され、ずたずたに裂けていた外鈑も、新造船同様に修復されている。

「急いでくれないかな、おたくら」

タロスが振り向き、ユリとケイに向かって声をかけた。

「急ぐって？」

ダーティペアは目を丸くした。言われたことの意味が通じていない。

「垂直型じゃ、バリシア島に降りられないぜ。こっちに乗っていくんだろ」

「乗せてくれるの？〈アトラス〉に」

ケイが訊いた。たしかにタロスの言うとおりだ。〈ラブリーエンゼル〉は、離着床のない場所には降下できない。といって、戦闘用の搭載艇も積んでいない。だから、バリシア島に行こうと思ったら、〈フォックスバット〉のような民間機を業者から借りてこなければならなくなる。しかし、レンタルの機体は、救援活動のために一機残らず出払っていた。

「リーダーが決めたら、素直に従うのさ」

タロスはぼそぼそとつづけた。笑いはもう口もとから消えている。どちらかといえば、無愛想な表情だ。視線をそらして、ケイとユリのほうをわざと見ないようにしている。どうやら自分の提案に照れているらしい。

滑走路に向かうカートがドックの端から滑りこんできて、三人の右手前方で停止した。カートには、バードとドンゴが乗っている。ダンはいない。チームリーダーは、ホバーベッドのガンビーノとともに、救急車で〈アトラス〉に向かった。

バードが手を振って三人を呼んだ。

ユリとケイは顔を見合わせた。

一瞬、間を置いてから、軽やかな足どりで走りだした。

タロスも動いた。身をひるがえし、カートに向かった。タロスの背後には、悠然《ゆうぜん》と進むムギが、ぴったりとくっついている。

三人は、ひらりとカートに飛び乗った。

ユリが前部シートの端、ドンゴのとなりにもぐりこんだ。

後部シートには、ケイとタロスがおさまった。

そして、ムギ。

ムギは後部シートの真ん中に舞いおりた。

後部シートは、ふたりで満席だった。
ムギは飼い主を巧みに避けて、クラッシャーの上に落下した。
ムギの体重は、三百キロを軽く超える。
悲鳴があがった。
無粋な、男の悲鳴だった。

# 第四章　要塞の島

## 1

「まだ、つながらんのか？」

ジャンニーニが入ってきた。赭《あか》ら顔が、いまはいっそう赤い。固く締まってはいるが、しかし見事なほどに丸いからだを、落ちつかなげに揺すぶっている。

「専用回線は用をなさん」

ノボ・カネーク・ジュニアは、スクリーンに目を向けたままジャンニーニに応じた。振り返ろうともしない。スクリーンはブラックアウトしている。上辺に、七桁の数字だけが小さく表示されている。あとは何も映っていない。

「一般回線のほうはどうだ？」

「封じられている。どうやら緊急用に、ナルジア海軍に渡してしまったらしい。もちろんあけさせる手はあるが、そうすると、こっちの所在がクラッシャーに筒抜けになってしまう」

いらだっているのだろう。通信装置のキーを叩くカネークの指には、不必要に力がこもっている。

「専用回線に応答がないってことは、アモスがどじったということだ」

ジャンニーニは歩を進めた。室内をまっすぐ横切り、ドルロイのジュニアの脇に立った。左手をカネークの肩に置いた。

「クラッシャーが、ここにくるぞ」

ジャンニーニは覗きこむようにカネークを見た。カネークはスクリーンから視線を外し、首を横に向けた。両者の目が合った。ジャンニーニの瞳には、ある種の爬虫類を連想させるねっとりとした暗い光が宿っている。

ロード・ジャンニーニ。

イザヤ観光開発の最高顧問である。

惑星国家トーレスの不動産の七二パーセントは、イザヤ観光開発によって管理されている。

そのイザヤ観光開発を思うがままに動かしているのが、同社の最高顧問であるジャンニーニだ。会長も社長も存在するが、かれらに実権は与えられていない。ただの飾りである。

イザヤ観光開発は、トーレスを支配している。法律も経済も、政策はすべてイザヤ観光開発の意向により決定される。逆らえば議会は解散され、首相は首が飛ぶ。トーレスでは議会も内閣も一企業の代理人にすぎない。むろん、その企業を統《す》べているのはロード・ジャンニーニであり、その蔭には銀河系最大の犯罪組織『ルーシファ』が控えている。いいかえれば、トーレスという国家は、『ルーシファ』の完全な傀儡《かいらい》なのである。

カネークはジャンニーニの正体を知っていた。

承知の上で、手を組んだ。

『ルーシファ』の秘密評議会役員。大幹部である。四十五歳のジャンニーニは、トップメンバーの中ではもっとも若い。

『ルーシファ』は、ドルロイの傑出した技術を欲した。カネークは『ルーシファ』の資金と闇の権力とを望んだ。

利害は一致した。

『ルーシファ』は手はじめにアクメロイドを発注し、そのビジネスの実行責任者としてトーレスのジャンニーニをドルロイに送りこんだ。ジャンニーニはバリシア島に別荘を建てさせ、そこを組織の拠点とした。『ルーシファ』の常である。まず支部を置き、そしてじわじわと政府にくらいついていく。肉をえぐった牙は、やがては獲物の喉を噛みきり、とどめを刺して、血の一滴までを余さずすすするようになる。

「嵐が荒れ狂っている」ジャンニーニは言葉を継いだ。

「レーダーの画像は、渦を巻く雷雲で真っ白になっていた」

「気象衛星のデータなら、とうに読んだ」カネークは言った。

「ドルロイの全域が嵐の中だ。すっぽりと包まれている。しかし、案ずることではない。予報がでている。この嵐は一両日中におさまる。永遠につづくわけではない」

「くるだろうな。やつらは」

「なに？」

「クラッシャーだ」ジャンニーニは口の端を歪めた。

「嵐など、やつらには関係ない。俺は、クラッシャーのことをよく知っている。やると決めたら、あいつらはやる。状況は考慮に入れない」

「防衛態勢は完璧だ。絶対に突破できない。よしんば破られたとしても、地上までだ。このフロアにはたどり着けない」

カネークの声が、わずかに高くなった。

別荘の地下三階。設計上では、そのフロア全体がゲストルームとなっている。

カネークとジャンニーニがいまいるのは、そこの一間《ひとま》だ。ＶＩＰの執務室とされている。しかし、実体は違う。

別荘に擬装《ぎそう》した要塞の主制御室である。壁は、大部分がさまざまなサイズのスクリーンに覆われている。スクリーンの数は十数面に及ぶ。そのスクリーンの正面にはマホガニー製の執務机のかわりに、黒光りするコンソールデスクがしつらえられている。

「クラッシャーがくるのなら、かえって好都合だ」コンソールデスクに片肘をつき、傲《ごう》然《ぜん》と胸をそらしてカネークは言う。

「やつらをここで屠《ほふ》り、つぎにクラーケンを始末する。この災害のさなかだ。どんな事故が起きようとも意外ではない」

「たしかにな」応じるジャンニーニの口調は冷ややかだった。

「おまえの言うとおりかもしれん。うまくいきそうに見える」

「見えるだと？」

カネークはジャンニーニの顔を睨《ね》めつけるように見た。

「見えるだけなのだ」ジャンニーニはあごを引いた。

「俺の勘が肯《がえん》じない。何か忘れているとしきりに告げている」

「勘がなんだ！」

ドルロイのジュニアは、顔色を変えた。

「侮るなよ、カネーク」低い声で、ジャンニーニは言った。

「勘はたいせつだ。俺がどうやって、こんなに早くここまでのしあがったと思う。勘を

YAS.

尊重したからだ。あらゆるデータを読み、状況を分析し、そして最後におのれの勘に従ったからだ」

「…………」

「俺の部下を武装させて、総員配備につかせる。おまえもそうしろ。別荘の中では数がものを言う。システムだけに頼るな。クラッシャーもみくびるな。その気になれば、惑星ごとぶっ壊しても報復しようとする連中だぞ」ジャンニーニは、きびすを返した。

「勝負は、嵐がおさまるまでだ。嵐が去れば、ドルロイの新しい時代がはじまる」

足音も荒く制御室から消えた。

室内が、しんと静まりかえった。

「ふざけやがって」しばし間を置いてから、カネークはつぶやいた。つぶやきに憎悪の響きがこもっている。

「どっちが仕切っていると思っている。ここはドルロイだぞ。トーレスじゃねえ」

ぎらつく双眸で、扉を睨んだ。たったいま、ジャンニーニがでていった扉だ。

「見てろ」ざらつく声で、カネークは言った。

「事がすんだら、てめえの勘にひとあわ吹かせてやる」

## 2

着座位置で一悶着《ひともんちゃく》あったが、それもダンの裁断でかたがついた。

外洋宇宙船とはいえ、〈アトラス〉は大型艦ではない。コクピットは狭い。定員は、予備シートを含めても五名である。そこに六人と一台と一頭が入りこもうとしたのだ。

まっ先に外されたのが、口しかきけないガンビーノである。ガンビーノは呪《のろ》いの言葉の長い尾を引きながら、ホバーベッドに乗せられたまま船室へと運ばれていった。

つぎに放りだされたのは、ムギだった。

「ムギはクァールよ。置いとけば役に立つわ」

と、ケイは主張した。

クァール。

ムギの正体がクァールと知って、クラッシャーは驚いた。

クァールは先史文明の実験動物である。二一一一年にワープ装置が発明され、人類は銀河系大探検時代へと突入した。そのとき派遣された学術探検隊のひとつが、ある惑星でクァールに遭遇し、数頭を捕獲した。クァールは完全生物とも呼ばれる生命体で、あらゆる環境に適応できる不死身の肉体を持っている。真空中ですら、生存が可能なのだ。知能も高く、人類なみかそれ以上である。宇宙船の操縦など、たやすくやってのける。発声はできないが、人間の言葉も完全に理解できる。また、電波、電流を自在に操るという超絶の能力をも有していた。

そのクァールが、飼い慣らされてダーティペアのペットになっている。

クラッシャーが驚くのも当然であった。クァール一頭の戦闘能力は、連合宇宙軍の海《マ》兵隊員《リーン》百人分に相当するとさえいわれている。

しかし。

「おまえか、こいつか、どちらか一方だ。コクピットに残れるのは。早く決めろ」

タロスはケイに二者択一を迫った。

パイロット権限である。ケースによっては船長の命令に優先する。

「ムギ、船室にお行き」

ケイは、クァールをさがらせた。カートでムギにつぶされたタロスは、親の仇《かたき》を見るような目で、クァールを睨む。

「みぎゃお」

一声啼《な》いて、ムギはすごすごとコクピットをあとにした。

その間に、バードがダンの指示でナヴィゲータ・シートをコンソールの外側に移動させた。ナヴィゲータはロボットのドンゴがつとめる。ドンゴに椅子は要らない。これでエンジニア・シートの横にしつらえた予備シートとともにふたりぶんの席が確保できた。

ケイがドンゴのとなり、タロスのうしろの席に着き、ユリがバードの脇、ダンの背後の席に着いた。

「〈アトラス〉。救援機が帰還してくる。六百秒ほど発進を見合わせてくれ」

牽引車が切り離され、離陸の態勢がととのったところへ管制塔が要請してきた。

この要請は強かった。クラッシャーとダーティペアの連合軍といえども、救援の一語には勝てない。それに、管制官の物言いも丁重である。

「了解。待機する」

滑走路の端で、〈アトラス〉はいったん停止した。

「ちょうどいいじゃない」ケイが言った。

「いまのうちにザルバコフのジャケットに着替えてきたら。その服、言っちゃ悪いけど相当汚れてるわよ」

口をとがらせて、タロスのスペースジャケットの肩のあたりをつまんだ。

たしかに、酷使された服はひどく傷《いた》んでいる。表面は煤《すす》けており、熱処理されている継ぎ目にもいくつか破損がみられる。

「レディをお迎えしたんだ。ご希望には添うべきかもしれんな」

苦笑しながら、ダンが応じた。

「これから殴りこみだってえのに、クラッシャーがファッションショーですかい」

タロスは顔をしかめた。

「俺は着替え、大歓迎だね」バードが言った。機関士は、もうシートから立ちあがっている。

「男はなんたって清潔でなきゃあ」

「ぬかせ」

バードのとぼけた発言に、タロスは眉を吊りあげた。しかし、しぶしぶながらも、タロス自身、腰を浮かせかけている。やはり、服装に問題があることは自覚しているのだろう。

三人そろって、自室に引っこんだ。

数分で戻ってきた。

ダンが最初で、つぎがバード、タロスがいちばん遅れた。

「わあ、かっこいい」

いきなり、ユリが誉《ほ》めた。ダンがコクピットに入ってくるのと同時である。気配を感じて振り返るのと、賛辞の言葉を発するのが一緒だった。

新しいスペースジャケットは、上着とズボンが一体になっていた。上着の色は濃いめのブルー。ズボンはシルバーである。スタンダップカラーで、上着の前面には、角ばったボタンが二列に並んでいる。腰にはベルトが巻かれ、その右側にはレイガンのホルスターが、左側には小さなバトンが吊るされている。これらの武器も、ザルバコフが用意したものらしい。

上着の色は、人によって変えてあった。バードはくすんだ赤。タロスはシンプルな黒である。メンバーの識別のためだろう。これならば、シルエットだけで誰なのかわかる。

「凝《こ》りに凝ったジャケットだぜ」バードが言った。「ボタンは飾りじゃねえ。アートフラッシュだ。専用のヘルメットをかぶれば、簡易宇宙服としても使える」

アートフラッシュは強酸化触媒ポリマーである。このボタンは、一定の手順でむしりとって投ずれば、大気の有無にかかわりなく発火し、そこにある物質を炎上させる。物質は金属であろうと液体であろうと問わない。アートフラッシュが残っている限り燃えつづける。

「ガンベルトにぶらさがっているバトンはなんなの？」

ユリが訊いた。

「メッセージには携帯用の電磁メスだって吹きこまれていたぜ」タロスが答えた。「別荘の中じゃ、エネルギー兵器が使用できない可能性があるから用意したと言っていた」

「どういうことかしら」

ケイが眉をひそめた。

「なんか仕掛けをつくらせたらしい」ダンが言った。

「アクメロイドに専念していたザルバコフは、別荘建設の担当から外れていたので詳しい事情を聞かされていない。仕切った技術者は、ミストポリスに戻されなかったというから、どこかに監禁されているのだろう」

「しかし、そこはそれ専門家だ」タロスが、せりふを引き継いだ。

「動いた機材やパーツをチェックして、何やら思いあたることがあったんだな」

「ザルバコフは、難攻不落の要塞だって言ってたわね」

ケイが言った。親指の先を軽く嚙み、考えこむように視線を足もとに向けている。

「ドルロイの技術の粋だ」バードが言った。

「こいつと同じさ」

ジャケットを指し示した。

「凝りに凝っている」

ユリがうなずいた。

呼びだし音が鳴った。管制塔からの通信だった。

「滑走路があいた。離陸を許可する」

と、告げた。

「ま、なんだって、かまわねえや」

発進オーケイと聞いて、タロスが話の決着をつけた。

「行きゃ、わかるさ」

まるで他人事のような口調で言った。

〈アトラス〉のエンジンに火を入れた。

出力を上げ、滑走路に船体を乗り入れる。エンジン音が急速に高まった。

滑走を開始した。猛烈な加速。からだがバックレストにめりこむ。

ふわりと浮いた。

浮くと同時に急上昇。

雲に突入した。宇宙港を取り巻いていたぶ厚い積乱雲だ。束の間の晴天は、もう終わろうとしていたようである。

嵐に包まれた。

すさまじい嵐。つい数時間前に味わった地獄をあらためて思い起こさせてくれる。

一気に突っきった。

雲の渦をぶち抜いた。

高度一万四千。

まばたきする間に到達した。

「快調だぜ」

タロスは拳を握り、親指を立てた。快調なのは、換装したエンジンだ。超特急の作業だったが、船体は事故の前となんら変わるところがない。タロスの思いどおりに反応する。


水平飛行に移った。

バリシア島の位置をたしかめた。

針路をフィックスした。

## 3

メインスクリーンに映像が入った。

ドンゴが記憶バンクに納めていた、バリシア島に関するデータである。

はじめに、座標と地図が映しだされた。

これはもう確認している。

つぎに、コンピュータで画像処理がなされたバリシア島の立体地形図が映った。東西に細長い、三角形の島である。西側の海岸の中央近辺で、赤い光点が明滅している。

別荘の所在地だ。

光点が増えた。

ブルーがひとつと、グリーンが十一個、加わった。

ブルーは空港を示し、グリーンは地対空ミサイルのランチャーをあらわしている。ランチャーは空港の周辺や森林地帯に設置されている。レーダードームにでも、見せかけてあるのだろう。衛星写真でチェックしても、ランチャーは確認できない。空港はヘリポートではなくて、滑走路を一本備えた本格的なものである。ジュニアの別荘に隣接しており、その間は何棟かの格納庫と防音スクリーンとで二重に仕切られている。格納庫は、防御壁を兼ねているらしい。

「映像化されている情報は、これだけだ」

ダンが言った。画面のいちばん下に、インデックスがあらわれた。

「あとは言葉で入力されている」

ダンはスクリーンを真ん中で、二分した。そして、左半分にバリシア島の立体映像を残し、右半分をさらに数面のマルチに切った。そのうちの一面を、細かい文字が隈《くま》なく埋めた。

バリシア島の防衛システムのリストである。

五人は、そのリストを読んだ。完成しているシステムは、グリーンの文字で表示されている。

誘導ミサイルやホーミング魚雷などの地対艦防衛火器が、海岸線に多数配備されていた。また、陸上防衛火器として戦闘ロボットも用意されている。場所によっては、対人地雷も敷設《ふせつ》してあるらしい。ロボットは、一般に〝石頭《グディ》〟と呼びならわされているタイプだ。島内を自由に徘徊《はいかい》し、捕捉した目標を無条件で攻撃するプログラムが与えられている。

「まじだぜ、こいつら」

タロスがうなった。バリシア島の防衛システムは、かれが想像していた〝武装した別荘〟の範疇《はんちゅう》を大幅に超えていた。これは軍の前線基地と称しても通用するほどの規模である。しかも、まだ完成していないのだ。

「表向きはジュニアの別荘でも、その実は『ルーシファ』のドルロイ支部なんでしょ」

ユリが言った。

「だったら、高出力のレーザー砲が建造中ってことのほうが不思議だわ。あの連中ったら、何をさておいても、我が身を守るのに必死になるのよ」

レーザー砲は、イエローの文字で記された未完成システムのリストに入っていた。クラッシャーにとっても、ダーティペアにとっても、これは幸運だった。この対空システムが完成していたら、〈アトラス〉はバリシア島に降りるどころか接近すら不可能になる。

「その『ルーシファァ』なんだけど」ケイが口をはさんだ。

「〈ラブリーエンゼル〉のコンピュータからデータをとり寄せたの。映すから、目を通してくれない」

言葉が終わらぬうちに、指が動いた。キーが叩かれ、ブランクになっていた画面のひとつに、防衛システムのリストよりもさらに細かい文字が、びっしりと映しだされた。

「WWWAの極秘文書よ」ユリが言った。

イザヤ観光開発に関する調査報告書の抜粋であった。

クラッシャーは眉根にしわを寄せて、その文書を読んだ。ところどころ文意が通じないが、それはあらかじめ文書の一部が削除されているからだろう。ニュースソースや該当者の私的情報が伏せられているようだった。

「なるほど」読み終えると同時に、ダンがため息混じりの声を発した。

「こういうのが、『ルーシファァ』のダミー企業なのか」

「裏のメンバーはひとりっきりだ」タロスは、しきりにかぶりを振っている。

「あとは社長からペイペイまで、ぜんぶ堅気《かたぎ》だぜ」

「会社の正体を知らされていない社員と、知らされてはいるんだろうが、それに目をつぶって飾りをつとめている善良な重役たち」ダンはユリのほうを振り返った。

「元凶は、こいつだけなんだな？」

「そうよ」

ユリは大きくうなずく。

最後まで残っていた右隅のブランクに、写真が浮かびあがった。ひどく不鮮明な顔写真である。最悪の条件で撮影したに違いない。おそらくは隠し撮りだろう。ほぼ円形の輪郭と目と鼻と口があることだけが、かろうじて見てとれる。髪はない。禿頭《エッグヘッド》だ。年齢は四十代か五十代。若くはないが、といって老《ふ》けこんでいるふうでもない。もちろん男性である。

写真には、短いコメントが添えてあった。

男の名前と略歴だった。

「ロード・ジャンニーニ」タロスが、その名を読みあげた。

「ただひとりの『ルーシファ』か」

「それも最高幹部クラスのね」

ケイが言った。

ジャンニーニは、『ルーシファ』の秘密評議会役員である。末端まで含めると構成員が数十万人に達するといわれている『ルーシファ』だが、秘密評議会の役員は二十人に満たない。

「こんな野郎がジュニアの蔭《かげ》にひそんでやがるんだな」バードが言った。

「となりゃあ、これっぱかしも遠慮する必要はねえ」

「どういうこと？」

　ケイの眉が、ぴくりと動いた。

「一気に、もみつぶすのさ。ジュニアじゃなくて、『ルーシファ』が相手なんだ。面倒な手続きは省けるってことよ」

「それは詭弁《きべん》ね」ユリが言葉を返した。

「証拠がないわ。『ルーシファ』が介入しているって。ジュニアは明らかに『ルーシファ』のメンバーじゃないし、『ルーシファ』の支部として建てられたバリシア島の別荘だって、いまはまだ表向きも実際もジュニアの別荘なのよ」

「ばかいえ」バードは口もとを歪《ゆが》めた。

「さっきのリストを見ただろう。あれが別荘か。あの中に、俺たちは突っこんでいくんだぜ。ただ一隻の宇宙船で。予告抜きの奇襲以外にどの手があるっていうんだ」

　バリシア島に関する詳細な情報が、発進前の諍《いさか》いを蒸《む》し返した。

「どの手も、この手もないわね」ケイが言った。

「あたしたちはクラッシャーの腕を信じて〈アトラス〉に乗ったのよ。だから、こっちの希望どおりの腕を見せていただきたいわ」

「うめえ言い方をする」

タロスがニヤリと笑った。

「要は俺たちの決断次第だと言いたいのだ」ダンがタロスを見た。

「作戦は立てられる。常識にとらわれなければ。しかし、実行するのはクラッシャーだってね」

「嵐は惑星の反対側にまで広がったわ」ケイは言を継いだ。

「三時間くらい前に、バリシア島の周辺は暴風雨圏に入っている。しかも、ピークはこれから。おさまるどころじゃないわ。最低でも、あと十二時間は吹き荒れるはずよ」

「それで」

タロスの表情が真剣になった。

「嵐を計算に入れて作戦を練るわけ。とびっきりのすごいやつ。警告を発しながら、なおかつ奇襲となり得る夢のような作戦」

「そして、〈アトラス〉は海のもくずと消えるのか」

バードが肩をすくめた。

「ちゃかさないで」

ユリが機関士を睨みつけた。

「クラッシャーなら可能だと心から思っているのよ」

ケイが殺し文句を放った。

「おまえさんたちゃ、トラコンやめて政治家になったほうがいいね」バードは首を左右に振った。

「口先だけで、若いのを戦場に送りこめる」

「どーいう意味よ」

きつい皮肉だ。ケイとユリは同時に口をとがらせた。

「時間の浪費はやめよう」ダンが言った。

「俺たちは、もうここまできちまったんだ。話し合いは建設的にやりたい」

チームリーダーは、ケイに視線を据えた。

「聞こうじゃないか。そっちの腹案を」

「そうね」

ケイは気をとり直した。

一拍を置き、あらためて口をひらいた。

「二段構えの作戦を考えたの」

クラッシャーに向かって、話しはじめた。

## 4

一時間が、またたく間に過ぎた。

激しいやりとりが、コクピットで交わされた。

作戦を立て、それをシミュレートして欠陥を捜す。

五種類の作戦が提案され、すぐに流れた。

六番目のプランは、シミュレートの結果、成功する確率が三八パーセントとでた。

「上等じゃない」スクリーンに映しだされた数字を見て、ケイが言った。

「これだけあれば、やる価値はあるわよ」

小娘に先にこう言われては、タロスもバードも引くわけにはいかない。

「まったくだ」

「熱くなるぜ」

不本意ながらも、胸を張って同意した。

「だったら、決まりね」

すかさずユリとケイは、シートから立ちあがった。

搭載艇の格納庫に向かうためである。ダンが再考を迫る前に、作戦を開始してしまおうというのだ。

この作戦の要諦《ようてい》は、〈アトラス〉を支援する戦闘機の存在にあった。小型の戦闘機がいないと、作戦は成立しない。

だが、〈アトラス〉は戦闘用の搭載艇〈カロン〉を失っていた。残っているのは作業艇の〈マイノス〉だけである。

〈マイノス〉はミストポリスのヘリポートに駐機したままになっていたが、ザルバコフが宇宙港に運び、〈アトラス〉に再搭載されていた。

その〈マイノス〉を戦闘攻撃機に改造することで、クラッシャーとダーティペアは意見の一致を見た。ムギの存在が、それを可能にした。

ハンドミサイルのランチャーを五十基、コンテナに組みこんで、〈マイノス〉のカーゴスペースに積むという方法だ。戦闘時には、このミサイルを発射し、ムギが目標に誘導する。電波、電流を自在に操る能力を持つクァールは、斉射された五十基のミサイルを個別に誘導することができる。

補助シートから離れたユリが、エンジニア・コンソールの脇に立った。

「あなたも行くのよ」

いきなりバードの腕を把った。

「？」

バードはきょとんとしている。

「か弱い少女に改造作業をまかせちゃ、かあいそうでしょ」

「男手が要るのよ」

ケイも加わった。

「か弱い？　少女？」

「うっさいわねェ」

ふたりがかりで、機関士をシートから引きずりだした。

格納庫に連行した。船室でくつろいでいたムギも、呼びだされた。

力仕事はムギとバード、配線やチェックはユリとケイが担当した。

コンテナの加工に手こずり、作業には一時間あまりを要した。

バードがへばってあごをだしたところで、改造は終わった。

三人はコクピットに戻った。ムギは〈マイノス〉の機内に残した。

「そろそろ降りるぜ」

先頭に立ってコクピットに入ってきたケイの顔を見て、タロスが言った。心なしか、声が低い。少しこもっている。成り行きで決行することになった作戦だ。成功率三八パーセントでは、気も重くなる。

しかし、〈アトラス〉はもう降下を開始していた。船体は積乱雲の真上にまで下がってきている。まるで雲海を遊弋《ゆうよく》しているかのようだ。

三人が、それぞれのシートに着いた。

ユリとケイはからだをシートベルトで厳重に固定した。クラッシャーの手前、強がってはいるが、さすがに表情は硬い。

タロスが操縦レバーを倒した。

突きあげるような衝撃がきた。

船体が小刻みに震え、桁材が悲鳴をあげる。

蒼空のブルーで覆われていたフロントウィンドウが、一瞬にして真っ黒になった。

暴風雲に突入したのだ。

急速に、高度が下がる。

下がるが、ひどく不安定な降下だ。強風に翻弄《ほんろう》されている。気流に妨げられるので、一定のペースでは降りられない。船体をあおられ、そのたびに〈アトラス〉は上下動を繰り返す。ときには、いきなり二千メートルも垂直に落下したりする。勝手に旋回することさえある。

タロスは必死だった。船を罵《ののし》り、嵐を罵倒《ばとう》し、銀河をしろしめすすべての神々を声高に呪《のろ》って、タロスは〈アトラス〉を操った。操船は、勘でおこなっている。重力波変動のワッチのときと同じだ。表示されるデータを読んで動いていたのでは遅れる。経験に基づく勘と、それを実動作に導く反射神経だけが、頼りだった。

高度が一千メートルを割った。

タロスは水平飛行を狙った。このあたりが限界だ。この気象で、これ以上下げたら、失速して海上に墜落する。

下を向いていた船首を、タイミングをはかって起こそうとした。

風にのった。吹きあげられた船首が、勢いよく跳《は》ねた。

船首だけではない。

船体そのものも跳ねた。

暴風の渦流にのって、〈アトラス〉はスキップするように飛行する。高度が定まらない。八百から一千メートルの間を忙しく行き来している。しかし、飛んでいるのはたしかだ。操縦不能に陥っているわけではない。

「くそったれ。いけるぞ」

意味不明の悪態を、タロスはつく。自分自身を奮い立たせるためだ。

メインスクリーンに映像が入った。スクリーンはひとまず消されていた。そこに、ダンが海図を映しだした。

鮮やかなブルーが、画面全体を覆った。画面の中央上部には、白抜きでバリシア島が描かれている。バリシア島の周囲には、無数の白点がちらばっている。バリシア島を取り巻く群島だ。どれも岩塊と大差のない小島である。バリシア島の近辺は、水深が浅い。海底が高く隆起しているからだ。隆起した海底は平坦ではない。岡や小さな山が存在している。それらのいただきが、海面に顔をだすと、そこはささやかな島となる。

〈アトラス〉は暴風の渦に沿って弧を描き、バリシア島への接近をはかっていた。島を中心に置いた螺旋《らせん》状のコースである。かなりの迂回《うかい》であるが、この嵐ではやむを得ない。

スクリーンに予想される〈アトラス〉の飛行経路がレッドラインで表示された。これまでに収集したデータをもとに、コンピュータが計算したコースである。左まわりで進み、バリシア島の上空に至る。

「距離八百キロ」データの一部をダンが読んだ。

「速度はマッハ三・八。六百秒で、バリシア島に到達する」

「マイク貸して」

ケイがドンゴのコンソールに手を伸ばした。ドンゴは通信機のマイクを彼女に渡した。

ケイは通信回路を開け、コールサイン100001を素早く通信機に打ちこんだ。

このコールサインは、ノボ・カネーク・ジュニアのものである。

コールボタンを押した。

応答はない。

スピーカーからは、雑音だけが響き渡る。耳に障《さわ》るけたたましい雑音だ。しかし、交信不能のレベルではない。よほどの長距離ならいざ知らず、わずか数百キロのオーダーである。フィルターをかければ、確実に聞きとれるはずだ。
二、三度コールして、ケイは応答のスタンバイを解除した。

応答は要らない。

それが、ケイの方針だった。ジュニアの応答を待たねばならぬ理由はないのだ。無視する気ならば、それでよい。

マイクをオンにして、ケイは口をひらいた。

「聞こえる？ ジュニア」淡々とした口調で、赤毛のトラコンは言った。

「こちらは〈アトラス〉。クラッシャーの船よ。でも、乗っているのはクラッシャーだけじゃないわ。あたしたちも乗っているのよ。あたしたちが誰だかわかる？」

短い間。

「WWWAのトラブル・コンサルタントよ」一語一語をくぎるようにして、ケイは言を継いだ。

「なぜクラッシャーにWWWAのトラコンが同行しているのか、その理由はもうわかってるでしょ。あたしたちは殺人アンドロイドを製造した容疑で、ノボ・カネーク・ジュニア、あなたを逮捕しにきたの。すみやかに応答し、あたしたちをバリシア島の空港に誘導してちょうだい。この指示に従わない場合、あるいは抵抗した場合は、強制捜査をおこなうわ。いいこと。強制捜査よ。クラッシャーとWWWAの共同の。応答は二十秒以内。これより遅れたら、警告無視とみなして勝手にやるわ。それでなくたって、クラッシャーがうずうずしてるってこと、忘れないでね」

言い終えると、ケイはマイクを切り、通信機を応答のスタンバイに戻した。

二十秒と宣告したが、念のため三十秒待った。

やはり、応答はなかった。

スピーカーから聞こえてくるのは、依然として雑音のみである。

しかし。

ジュニアは警告を黙殺したわけではなかった。

べつのかたちで、その呼びかけに応じていた。

それは、すぐに明らかになった。

ドンゴがその応答をキャッチしたからだ。

「キャハハ。方位06ESカラみさいる接近」

唐突に、ドンゴがわめいた。こういうとき、ロボットの甲高い人工ボイスは、まるで金切り声のように聞こえる。

「推定発射ぽいんとハばりしあ島」ドンゴはつづけた。

「十五基ガ本船ニ向カッテ飛行中。高度二千めーとる。巡航速度まっは五」

「ほお」タロスが大仰に目を丸くした。

「律儀《りちぎ》に聞いてやがったんだ」

そして表情を引き締め、操縦レバーを握り直した。

全身に気迫がみなぎった。

これで大義名分はなった。待ちに待ったときがきた。

引き締めたはずの表情が、自然に緩んでくる。

いよいよクラッシャーの本領発揮だ。

フロントウィンドウにシャッターが降りた。

〈アトラス〉は、戦闘態勢に入った。

## 5

メインスクリーンが三面のマルチに分割された。

左側が通常映像。右側はレーダー画面である。中央は、照準用のサイト・スクリーンになった。

レーダー画面には、ミサイルが映しだされている。だが、そのままでは白く輝く雲の像にさえぎられて、位置が判然としない。ダンはミサイルをグリーンの光点に置換して表示した。

十五個の緑色の光点が、画面の左上で明滅をはじめた。ミサイルは左右に展開して〈アトラス〉をめざす。コンピュータが予測した仮想コースを正確に捉えている。

「第二波デス。キャハハ」

　ドンゴが、また叫んだ。

　レーダー画面に、あらたな光点が浮かびあがった。

　バリシア島の北側だ。大きい光点がひとつだけ明滅している。

　島から離れた。

　光点が膨れあがる。

　海上で分裂した。じりじりと散開していく。光点は全部で二十個。第一波同様、〈アトラス〉の仮想コースに向かっている。

「一波はおとりだな」バードが言った。

「あとの二十基が本命だ」

「なんでも、きやがれ」語気荒く、タロスが応じた。

「こっちは逃げるんだからな」

　タロスは暴風の流れを読むのに忙殺されていた。風の力を借りて、急転回しようと目《もく》論《ろ》んでいたからだ。嵐の中では〈アトラス〉の動きは鈍い。高機動のミサイルを回避するのは至難の業である。だが、風が味方すれば話はべつだ。荒れ狂う嵐も、ときとして〈アトラス〉を救う。

　第一波のミサイルが、〈アトラス〉に迫った。

レーダー画面では、いったん散ってちりぢりになっていた十五基のミサイルが、中央でひとつに収斂《しゅうれん》したかのように見える。

命中寸前だ。

あと七秒。いや六秒。

「こいつだ！」

タロスが声をあげた。

同時に、レバーを引いた。

〈アトラス〉が反転した。

Gで内臓が押しだされるようなすさまじい転針。

いままでのっていた渦流から、〈アトラス〉が弾き飛ばされた。

猛烈な加速。慣性中和機構は、まったく役に立たない。ダーティペアはシートで痙攣《けいれん》している。

タロスでさえも、一瞬気が遠くなるほどのGだ。

ミサイルが、〈アトラス〉の仮想コースと交差した。そのまま通過し、再び散開する。

〈アトラス〉は、ミサイルの第一波を間一髪かわした。

かわして、上昇気流にのった。

Gが、さらに増した。

できるだろうか。
強烈なショックがきた。超高速で壁に叩きつけられたら、これほどのショックを体験
息が詰まり、目がくらんだ。骨がいやな音をたててきしむ。
急上昇だ。かつて例のない。パイロット歴十五年のタロスも、これほどのむちゃをや
ったのははじめてだ。エンジン全開の〈アトラス〉を、秒速数百メートルの風が垂直に
押しあげている。
その地獄のGの中で。
ダンが動いた。
ダンのコンソールに、ミサイル発射用のトリガーレバーが起きあがった。ダンは、そ
のレバーを握った。
照準スクリーンの図形が大きく変化する。
白い矢印が画面の中央に十五個あらわれた。図形は、矢印を囲むように移動していく。
矢印は、まだ広く散ってはいない。
矢印の群れに、図形の中心が重なった。
ダンはトリガーボタンを押した。
船尾のランチャーからミサイルが発射された。
照準スクリーンに赤い矢印が加わった。射ちだされたアンチミサイル・ミサイルだ。

一基だけである。白い矢印に向かって嵐を切り裂いていく。

白い矢印が、進行方向を変えはじめた。失った〈アトラス〉の行方を再度捕捉したのだろう。転針し、あとを追おうとしている。

その正面に。

アンチミサイル・ミサイルがいた。

弾頭が分裂した。アンチミサイル・ミサイルの。赤い矢印は数十発の光点に分かれ、白い矢印に襲いかかる。

弾頭を示す光点が、白い矢印の上にかぶさった。

画面の中で光がまたたく。

小さいが、まばゆい光。

ふっと消えた。

矢印も光点も。

照準スクリーンには、四角い図形だけが残った。

アンチミサイル・ミサイルが、迫りくる十五基のミサイルを始末した。

これで〈アトラス〉を追うミサイルは第二波の二十基だけとなった。

だが。

その二十基は、もう〈アトラス〉には届かない。ミサイルは急上昇する〈アトラス〉

を捉え、軌道を修正したが、彼我《ひが》の距離はひらく一方だ。〈アトラス〉の速度が、ミサイルのそれに勝っている。ミサイルはほどなく燃料を使い果たし、海に落下していくだろう。

回避行動は、必要なくなった。

加速も抑えられる。

レーダーから赤い光点が失せた。

高度一万二千。

積乱雲を抜けた。

タロスは加速を殺しつつ、さらに上昇を続行させる。

通常映像に、コバルトの空が映っている。

その澄みきった青が次第に濃くなっていく。

成層圏に突入した。

高度は二万強。画面は群青色に染まる。

「へっへっへっ」

タロスが低い笑い声を漏らした。おもてにはあらわしていないが、全身から喜色があふれている。命拾いしたからではない。厳しい状況下にあって、すべてを段取りどおりにやりとげたからだ。

上昇停止。
〈アトラス〉は水平飛行に移った。
ダンが、ゆっくりと立ちあがった。
ユリもシートから腰をあげた。
〈マイノス〉に移乗するためだ。
ダンとユリとムギが〈マイノス〉に乗る。
ダンと入れ替わる形で、ケイがコ・パイロットのシートに着いた。
ユリとダンはコクピットをでた。
エレベータで二層下り、船腹に設けられた搭載艇の格納庫に入った。
「操縦は？」
ユリが訊いた。
「俺がやる」
ダンは〈マイノス〉のハッチをあけようとした。
そのハッチが。
触れる前に勝手にひらいた。
「ムギね」
ユリが言った。

「みぎゃお」

機内からクァールの声が聞こえてくる。

搭乗した。

〈マイノス〉は並列複座である。ふたつ並んだシートの背後には、補助シートが用意してある。ムギは補助シートにうっそりと寝そべっていた。

ダンが右側の主操縦席に着き、ユリがコ・パイのシートにおさまった。ムギがふたりの間に顔を覗かせて、喉をごろごろと鳴らす。

WWWAの規定が、ダーティペアを二手に分けた。

かれらは、これから強制捜査をおこなう。

武器の使用を伴う攻撃型の捜査だ。WWWAのトラコンは、国際法で強制捜査が認められている。ただし、強制捜査に使われる車輛、機体等には、一名以上のトラコンの搭乗が必要とされている。〈アトラス〉と〈マイノス〉でバリシア島を攻撃するからには、そのいずれにもトラコンが乗っていなければならない。

だから、彼女たちは二手に分かれたのだ。

ダンとユリは計器の再チェックをおこなった。

異常はない。

エンジンに火を入れた。

ダンがユリにオーケイの合図をする。

ユリはインターコムで〈アトラス〉のコクピットを呼びだした。

「おう」

タロスがでた。

「いいわよ。いつでも、でられるわ」

発進の準備が完了したことを告げた。

「了解。ハッチをあける」

インターコムを切った。

ほとんど間を置かなかった。

格納庫の大型ハッチが、外側に向かってひらきはじめた。駐機している〈マイノス〉のすぐ前が、ハッチのヒンジになっている。ひらくにつれて、そこに群青色の空が広がっていく。

「行くぞ」

ダンが言った。

短いタキシング。

ひらいたハッチを傾斜路にして、〈マイノス〉は〈アトラス〉の船外へと滑り落ちた。

機体が、ふわりと浮いた。

軽く噴射した。

〈アトラス〉から離れた。いったん百メートルほど距離を置く。

〈アトラス〉のハッチが閉じられた。離脱した〈マイノス〉は、〈アトラス〉の船腹から背面へとまわりこんでいく。コクピットの真上のあたりだ。そこで、ベクトルを合致させた。〈マイノス〉の高度は、〈アトラス〉よりも数メートル高い。はたから見ると、巨大な海獣が子供を背負っているような姿だ。

通信がきた。

「いいですかい？」小さな専用スクリーンに、タロスのにやけた顔が映った。「行きますぜ。覚悟しといてくださいよ。遅れたら黒焦げですからね」

「そっちこそ、びびるなよ」

ダンはやり返した。口調にも態度にも、まったく変化はない。いつもどおり平然としている。

「おもしれえや」

タロスはますます顔をにやつかせた。

「降下ポイントまであと十四秒」

ケイの声が横から聞こえた。

通信機がオフになった。

「さて」ダンはユリを見た。

「面倒な手続きは終了した。これからは、大っぴらに戦争だ」

「ええ」澄ました表情で、ユリはうなずいた。

「どうせなら、派手にやりましょうね」

# 6

コンソールにサインが表示された。

操縦のタイミングを合わせるために、〈アトラス〉から信号が届く。そのサインだ。赤いLEDが三つ。

GOサインである。

〈マイノス〉のメインスクリーンには、〈アトラス〉と〈マイノス〉との相対位置が、模式図で映しだされていた。〈アトラス〉の上に〈マイノス〉がのっている図だ。この図は両者の相対位置が狂うと色が変わり、警告音を発する。

ダンは何があろうと、この位置を維持しなければならない。

GOサインと同時に。

〈アトラス〉は降下を開始した。

間髪を容《い》れず、ダンの指がコンソールを走った。〈マイノス〉は急角度で一気に沈んだ。機体背面の高機動バーニャが噴射され、ユリが思わず悲鳴をあげるほどの急降下だった。強気を装っていたユリが思わず悲鳴をあげるほどの急降下だった。

悲鳴をあげながら「〈アトラス〉と激突する」とユリは確信した。

しかし、それは誤っていた。急降下は、この勢いで〈アトラス〉のそれと互角だった。タロスが操る〈アトラス〉のダイブは常識を凌駕《りょうが》している。ダンは、もちろんタロスがそうすることを承知していた。だから、背面のバーニャまであえて使用した。

模式図の色も変わらず、警告音も鳴らない。

一瞬にして、高度は一万二千を切った。

雲海に突っこむ。

ユリがふと気がつくと、機外の色が群青から漆黒に変化していた。

なぜだろうと思ったが、答えがでてこない。

やがて、その疑問もどこかへ消えた。

血が逆流して、思考能力が大幅に低下したのだ。脳は通常の一割も働いていない。それどころか、意識そのものが、あってなき状態に陥っている。

肉体の限界を無視した危険な急降下であった。

だが。

この急降下も、作戦のうちだ。

問題は、バリシア島のレーダー管制システムにあった。

バリシア島の防衛網を破るには、まずそのレーダー管制を突破せねばならない。レーダーをかわせば、対空ミサイルによる迎撃もありえないものとなる。

では、いかにしてレーダーの網をかわすか。

高度二万三千メートルからの急降下である。

成層圏から下は嵐だ。一万二千メートルから海面までは、荒れ狂う暴風雲に埋め尽くされている。高高度のレーダー映像は、雲と〈アトラス〉とを識別できないはずである。サテライトの監視システムがあれば可能だが、その手の衛星はすべて救援活動に狩りだされていて、ジュニアといえども、いま私的に利用することはできない。

となれば、完璧は期せないにしても、数キロのオーダーまでならレーダー管制はかいくぐれる。数キロまで接近しての攻撃は、まさしく不意打ちとなる。もっとも、すでに強制捜査が宣告されているから、結果として不意を衝いたことになっても、実際のところは不意打ちとはならない。これは、攻撃側に有利な状況といえる。そして、この急襲作戦が成功すれば、バリシア島の対空管制システムは、ほぼ確実に無力化できるのだ。

ただし。

必要とされる急降下に〈アトラス〉と〈マイノス〉が耐えうるならばだ。むろん、乗

員もである。

シミュレーションでは、降下速度を〈アトラス〉の限界に設定した。

が、それでは〈マイノス〉がもたない。大気との摩擦で燃え尽きてしまう。

そこで、〈アトラス〉の船体で〈マイノス〉をかばうというアイデアが生まれた。

〈マイノス〉が〈アトラス〉の背面にへばりついて降下すれば、機体はこの急降下に耐えられる。

乗員の安全には目をつぶった。あえて計算の要素から除外し、シミュレートした。

乗員の生死は、やってみればわかる。

ケイが、そう主張した。

ユリも笑っていなした。

いままわってきたのは、そのツケである。

高度六千に達した。

コンソールにあらたなサインが表示された。

迎撃警戒信号だ。ミサイルが発射された。どうやら、バリシア島のレーダーが〈アトラス〉を捕捉したらしい。

では、もう〈マイノス〉がへばりついている意味はない。

ダンは思った。ここからは、加速を減じて、回避行動を兼ねた戦闘行動に入る。

ちらりと左どなりのシートに目をやった。

先ほどから、ユリがやけにおとなしい。

理由は、一瞥《いちべつ》してすぐにわかった。意識を失っているのだ。目を見ひらいたまま。

「起こしてくれ」

ムギに頼んだ。

「みぎゃお」

ムギは長い舌でユリの顔を嘗《な》めた。

十秒とかからなかった。

「あにすんのよぉ」

ユリは息を吹き返した。

手を振り、顔を嘗めつづけるムギを払いのけようとした。その手が、ダンの肩に触れた。

「あ」

状況を理解した。ダンが視線を向ける。

目と目が合った。

ユリは真っ赤になった。

両手で口もとをおさえた。

「〈アトラス〉から離脱する」低い声で、ダンは言った。

「攻撃態勢に入ってくれ」

「は、はいっ！」

ユリは飛びあがった。飛びあがってから首をめぐらし、ムギの頭を一発殴った。

「ばか」

ムギの目が丸くなった。

〈マイノス〉が、〈アトラス〉の背面から離れた。

降下角度は浅くなったし、速度も常識の範囲内におさまっている。

しかし、嵐は、いまがピークだった。

離脱の直後である。

〈マイノス〉は乱気流に巻きこまれた。

いきなり下降気流につかまり、なかばきりもみ状態で、三千メートル落ちた。

ユリは、また失神しかけた。

それを必死で踏んばった。クラッシャーに、これ以上ぶざまな姿は見せられない。その一念が、ユリの意識を支えた。

ダンが神技のような操縦で、機体を立て直した。

「いい機会だ」独り言のように、ダンはつぶやいた。

「このまま海面まで降りてしまおう」

実行した。

怒濤逆まく海面すれすれに、機体を降ろした。

そこで水平飛行に入った。

ユリは肩をすくめて、かぶりを振る。

言いたいことはあるが、言葉にならない。

レーダー・スクリーンに視線を向けた。

〈アトラス〉が、バリシア島の迎撃ミサイルを処理したところだった。アンチミサイル・ミサイル三基で、まとめて片づけた。

「〈アトラス〉、ミサイルを撃破」ユリは状況をダンに伝えた。

「高度二千。バリシア島までの距離、五千六百。あっ」

「どうした?」

「バリシア島、第四波を発射。数は」

「数は?」

「ちょっと待って。えっと、五、六、七十基」

「豪勢だな」

ダンは薄く笑った。

「ランチャーを全部使ったみたい」

「ポジションは？」

「チェックしたわ。十一か所。大丈夫。ムギ。データ読んどいて！」

フロントウィンドウに、バリシア島が浮かびあがっていた。もう手の届きそうなところにバリシア島はある。風雨にかすんでいるが、距離はあと一キロとない。

「突っこむぞ」

ダンが言った。

ハンドミサイルの発射ボタンに指を置き、ユリは身構えた。

〈マイノス〉が高度をあげる。

バリシア島の崖を飛び越え、島の上空に躍りでた。レーダーには捉えられていない。完全にノーマークだ。

ユリが発射ボタンを押した。

カーゴルームのハッチがひらき、四十四基のハンドミサイルが斉射された。六基は後に備えて残した。

ムギが巻きひげを震わす。

ミサイルが四方に散った。

四基ずつ束になって、十一か所のランチャーをめざす。
〈アトラス〉のアンチミサイル・ミサイルが、七十基の迎撃ミサイルを蹴散らした。
ほとんど同じタイミングで、ハンドミサイルがランチャーを直撃する。
爆発した。
十一基のランチャーがいっせいに。
こなごなに吹き飛び、その機能を停止した。
「〈アトラス〉を先に降ろす」
ダンが言った。
ユリに異存はない。ハンドミサイルも六基残っているから哨戒《しょうかい》任務もつとめられる。
〈アトラス〉がきた。
ブラスターでジュニアの別荘を攻撃した。
オレンジ色の火球が、別荘の屋根に命中した。
火球が砕け散る。
別荘はなんともない。
火球は弾かれた。エネルギーを吸収されたのか、あるいは中和されてしまったのか。
いずれにせよ、バリヤーの一種だろう。別荘には、ブラスターが効かない。
〈アトラス〉が着陸した。

空港に降りた。降りると同時に、ブラスターで空港と別荘とを隔てている格納庫を乱射した。

格納庫が爆発する。

炎上し、破片を空中に撒《ま》き散らす。

「中庭を攻撃しろ」ダンが言った。

「俺たちは、あそこに降りる」

別荘は、コの字型をしている。そのコの字の真ん中、三方を建物に囲まれている部分が、中庭である。中庭は島の内側に面している。庭の端には防音スクリーンが立っており、その向こう側が、たったいま〈アトラス〉に破壊された格納庫だ。

ユリはダンの指示に従った。

残しておいた六基のハンドミサイルを中庭の周囲に射ちこんだ。ムギが、それを細かく誘導した。一基を別荘に導いたが、壁にはひびひとつ入らなかった。

〈マイノス〉は中庭に垂直降下した。中央ではない。庭の隅。左側の棟に近い場所を選んだ。

接地してエンジン停止。

ハッチがひらく。

レイガンを構えたユリが、ムギとともに転がりでた。

ダンも反対側に飛び降りる。

水しぶきがあがった。中庭は水はけが、あまりよくない。どしゃぶりの雨で、大きな水たまりが無数に広がっている。その水たまりのひとつに、ダンは落下した。

身を伏せ、しばし様子をうかがった。からだが半分ほど水たまりに沈んだ。

反応はない。荒れ狂う嵐の中、別荘は不思議に静まり返っている。

## 7

「仕掛けてこないわよ」

ユリが言った。ユリは強行着陸した〈マイノス〉の蔭で腹這いになっている。別荘の中庭は、まだ中庭として完成していない。整地がなされているだけだ。そこに激しく雨が降った。ユリのからだは、その大部分がぬかるみに沈んでいる。

バリシア島近海で大きく発達したドルロイの嵐は、まだピークを維持していた。

吹き荒れる風はいっこうに衰えを見せず、ときおり、横なぐりの雨が思いだしたように激しく降る。最大瞬間風速は、五、六十メートルにも達しているだろうか。うかつに立つと、足もとをすくわれて横転するほどの強風だ。

「決めかねているのだろう」ユリの言葉に、ダンが応えた。

「外にでて始末するか、内部に誘いこんで息の根を止めるか」

ダンも大地に突っ伏していた。〈マイノス〉のランディング・ギヤの向こうに、その姿が見える。ユリ同様、泥水の中に埋まっている。ムギはユリのうしろにいた。こっちのほうは雨風をまったく気にしていない。クァールのからだは水を弾く。どんなに濡れようと、立ちあがって一振りすればそれでよい。すぐに乾く。

「できれば、中に入りたいわ」

油断なく周囲に目を配りながらユリは言った。しきりに目をしばたたかせている。雨が瞳に飛びこんでくる。視界がぼやけて、ものの形がはっきりしない。

「少なくとも濡れずにすむでしょ！」

ユリは、ソプラノの声を張りあげた。風に、声が吹き消される。風の咆哮《ほうこう》がすさまじく、自分で自分の声が聞きとれない。

「入るんなら、あそこが近い」ダンが右手前方を指し示した。

「ただし、ひらくかどうかは、わからんぞ」

翼のように張りだしてコの字形を形成している棟の中央やや外側寄りの位置に、複数の扉らしき表面処理が施されている場所があった。だが、それが本当に入口なのかは判然としない。正面の棟に堂々とした玄関が設けられているからだ。別荘の入口が、そこ一か所だとしたら、いまダンが示しているのはダミーということになる。別荘の性格からみて、そういったカムフラージュがなされているのは、少しも不自然ではない。

「行けば、わかるわ」ユリは言った。

「入口だったら、ムギがあけてくれる」

「その黒いのが？」

ダンはクァールにちらりと目をやった。ムギは知らぬふりをしている。

「できるわよ。ムギだったら」

ユリは断言した。

着陸した地点から入口とおぼしき場所までの距離は、およそ三十メートルだった。ダンにしてみれば、ぎりぎりまで寄せたつもりだったが、紗幕のように視界を覆っていた横なぐりの雨に目測を狂わされた。

「じゃあ、突っきるか。あそこまで」

ダンは上体を起こした。突風が背後からダンを叩いた。ダンは押し倒されそうになった。

「かまわないわよ。あたしは」

ユリも、おもてをあげた。また突風がきた。ユリは支えきれず、ぬかるみに顔を突っこんだ。呪《のろ》いの言葉が撒《ま》き散らされた。

「中庭を一気に駆け抜けて、壁にへばりつく。そっちの黒いのが扉をあけてくれたら、あとはこいつで勝負だ」

ダンは腰のベルトに投擲弾《とうてき》をいくつもぶらさげていた。銃は大型のハンドブラスターをかかえている。かなりの重武装だ。ダンの言うこいつとは、それらの武器のことだった。

「わかったわ」

クラッシャーの提示した段取りに、ユリは同意した。とにかく、このまま伏せていたのでは埒《らち》があかない。風邪《かぜ》をひいて寝こむか、中庭の泥に埋まって化石となるか、そのどちらかである。どちらの運命も、ユリの好みではない。

ダンがひざまずき、身構えた。

ユリもいま一度、からだを起こした。今度は〈マイノス〉につかまって、慎重を期した。それでも風にあおられて、転びそうになった。

「むちゃくちゃよ」口をとがらせ、ユリはつぶやく。

「こんなひどい嵐、はじめてだわ」

ダンは風を読んだ。

雨は、どうでもいい。問題は風だ。突風がネックだ。体重の軽いユリは、ことに飛ばされやすい。

風が渦を巻く。別荘があるからだ。別荘が中庭に乱流をつくっている。刻々と風向きを変え、頻繁《ひんぱん》に上昇下降を繰り返す猛々《たけだけ》しい乱流。

だが。

その複雑な変化が、かえって、突風の強大なパワーを殺している。ごく稀《まれ》に、ほんの十数秒だが、無風に近い状況が生じる。

ダンは待った。

風が死ぬのを。

風雨が強まった。

頬が痛い。雨粒が、石のつぶてのように感じられる。風が下から上へと吹きあげている。からだが浮きそうだ。

うなる。

風がうなる。

ふっと消えた。

一瞬の静寂。

いまだ！

「ついてこい」

ダンは叫んだ。

叫ぶと同時に、ダッシュした。

水しぶきをあげて、ダンは走る。走りながら、ちらと背後を振り返った。ずぶ濡れになったユリが、レイガンを構えて全力疾走しているのが見えた。目が吊りあがり、長い髪が額から肩にへばりついている。まるでシャワールームで走っているかのようだ。

ダンの脇を黒い影が追い抜いた。

ムギだ。

速い。

あっという間に、別荘の外壁に達した。

ダンは、ユリにペースを合わせる。

もうすぐだ。まだ風は静まっている。

二手に分かれた。

入口とおぼしき場所の左手に、ダンは向かった。

ユリは右側だ。ムギはすでに、仕事にとりかかっている。巻きひげを震わせ、ロックを解除しようとしている。

そのときだった。

いきなり、壁の一部がぱっくりとひらいた。

扉に似せた表面処理の右側の壁だ。

中から人影が飛びだしてくる。

やはりダミーだった。

いかにも扉らしい表面処理はカムフラージュで、そのすぐ脇に、隠し扉が設けてあった。

ムギが跳んだ。

まっすぐ上に跳んだ。

十メートル近くジャンプして、壁の窪《くぼ》みに爪をひっかけ、そのままぶらさがった。

ユリは反射的に体を沈めた。

足を止め、腰をかがめてレイガンを前に突きだした。

ダンも同じだった。

ブラスターを構え、低い姿勢をとっている。

隠し扉からでてきたのは。

ヤクザだった。

十人近くいる。暗色のジャンプスーツを身につけ、レーザーライフルを持っている。

ユリはレイガンを乱射した。

ヤクザが散った。

かわされた。

動きに無駄がない。

違う。

ユリは直感した。

顔つきは、たしかにヤクザだ。ヤクザだが、ジュニアが雇った連中とこいつらとは、ものが違う。

こいつらは訓練されたプロだ。

思いあたる集団があった。

『ルーシファ』の戦闘員である。

これはというヤクザを選び抜いて連合宇宙軍の海兵隊なみの訓練を受けさせた『ルーシファ』の特殊戦闘部隊。

幹部を守るための兵士だ。

では。

こいつらがいるということは、ここに誰か『ルーシファ』の幹部が。

ユリの肌が興奮で粟立った。

この一件に関わっている幹部といえば、ロード・ジャンニーニである。

風が甦《よみがえ》った。

猛烈な突風が、壁に沿って渦を巻いた。

ユリは不意を衝かれた。

ふわりと、からだが浮いた。

天と地が逆になる。

頭から地面に叩きつけられた。あわてて受身を取ったが、そのときはもう泥水の中に落ちていた。

ヤクザがくる。

ダンが駆け寄った。

ハンドブラスターで牽制《けんせい》し、相手を自分に引きつける。

二人、撃ち倒した。レーザーライフルの光条が肩と腹をかすめたが、ザルバコフのジャケットは、そのダメージからクラッシャーを守った。

ヤクザを後退させて、ダンはユリの前に立ちはだかった。

左右に薙《な》ぐように、ハンドブラスターを連射。そして、片手を伸ばし、ユリの手を把《と》って引き起こした。

「大丈夫か？」

「平気よ」

ユリは強がりを言う。

「扉がひらいたままだ」ダンは言を継いだ。

「とにかく中に飛びこむぞ」

「いいわ」

ユリはレイガンを構え直した。

ダンと並んでヤクザに向かい、ひたすら撃ちまくった。ユリも、肌をかすめるレーザービームを気にかけない。全身が特殊なポリマーに覆われていて、それが熱を遮断するからだ。しかし、そのつどポリマーは蒸発するので、長時間はもたない。

ヤクザがひるんだ。数も半分になった。

「行くぞ」

ダンが身をひるがえした。

ユリが、そのあとにつづいた。

ヤクザがふたりを追う。

そこに。

黒い影が降ってきた。

クァールだ。

外壁にぶらさがったムギは、機を窺っていた。一撃で敵を屠《ほふ》れる最善の機会。

そのときがきた。

一声咆《ほ》えて、ムギは、ヤクザに躍りかかった。

爪が肉を裂き、牙が骨を砕いた。

五人を始末するのに、二秒とかからない。

ダンとユリが、前後して扉をくぐった。

すぐにムギも飛びこんできた。

と、同時に。

扉は閉まった。

火花が散った。扉の周囲から、きな臭い煙が立ち昇った。

ムギが巻きひげを震わせる。

扉はひらかない。

「配線を灼《や》いたんだ」ダンが言った。

「入られたら、だしたくないんだな」

## 8

通路が左右に伸びている。

右手は壁に突きあたる。当然だ。この棟の端である。

左手はべつの棟につながっている。まっすぐ進んで左に折れれば、この別荘の正面玄関、メインロビーにでられるはずだ。

しかし。

現実は違う。左手も壁でふさがれている。

どうやら、隔壁を降ろされたらしい。この通路を使って、すんなりとロビーに行かれたら、困ると考えたのだろう。

「あれ、あけられる？」

ユリがムギに訊いた。

ムギは首を横に振った。隠し扉と同じだ。配線を切られている。いかに電波、電流を自在に操るクァールといえども、肝腎《かんじん》の電流がつながっていないのでは、力の揮《ふる》いようがない。

「ドアがある」

ダンが言った。

通路に沿って、ドアが並んでいた。壁と一体になっているスライド式のドアだ。ドアの脇にパネルがはめこんであって、そこにてのひらをあてがうようになっている。掌紋《しょうもん》が合致すれば、ドアはひらく。

「ひょっとして」

ユリは手近なドアに歩み寄り、パネルにてのひらを置いた。

反応しない。

「ムギ」

クァールを呼んだ。

「おあけ」

すかさず、ダンが壁に身を寄せた。ベルトから手榴弾を外し、右手に握った。

ムギが巻きひげを震わすと、ドアはあっさりと横にスライドした。

ダンが手榴弾を中に投げ入れた。

爆発した。

ハンドブラスターを構えて、ひらいたドアの前に立つ。

攻撃してこない。

逃げまどう気配もない。

ダンは一歩、中に踏みこんだ。ユリもレイガンを手にして、ドアの向こうをそおっと覗きこんだ。

がらんとした広い部屋。

ホールである。階段状に机と椅子とが並んだ研修用のホールだった。

この別荘は、地上二階、地下四階で設計されている。が、建物そのものの高さは四階建てのそれに匹敵している。だから、一フロアあたりの高さが、通常の建物の倍ほどもある。ただし、実際は一階が特に広くとられていて、二階はそれほどでもない。二棟あるウィング棟は、ユリたちのいるほうが研修ホールと会議室になっており、もうひとつが、アスレチック・ルームに使用されている。

「このホールは、ひそむところが多い」

ダンが言った。クラッシャーのチームリーダーは、手榴弾で破壊された机と椅子をチェックしている。手榴弾は、直径五メートルあまりの範囲で、樹脂製の調度を粉砕していた。

「どうするの？」ユリが訊いた。

「ここを通らないと、メインロビーにはたどり着けないわよ。ロビーに行かないと、上にも下にも行けないわ」

ウィング棟には、エレベータも階段もなかった。別荘を捜索しようとするのなら、どうしてもロビーにでなければならなかった。

ダンがホールの奥に進んだ。ユリがついていこうとすると、それを止めた。

「俺は、こっちからおりていく」ダンは言った。

「きみは、そっちから進め。ふたりでカバーしあって突きあたりのドアまで行くんだ」

ふたりはホールの真ん中あたりにいた。ホールは、そこからうしろが急角度でせりあがっている。ふたりのいるところから演壇までは、ほとんど傾斜がない。それがかえって、様子を窺いにくくしていた。

「いいわよ。――ムギ」ユリはうなずき、クァールを呼んだ。「あなた、上のほう、見てちょうだい。ヤクザがいたら、好きにして。でも、生捕りにできるんなら、してほしいわ。ちょっと聞きだしたいことがあるの」

「うみぎゃ」

ムギは了承した。

さっそく最後列まで登っていき、机の間を探りはじめた。

ユリとダンも、前進を開始した。
二、三列目までは、無人だった。誰も物蔭にひそんでなぞいない。しかし、剣呑《けんのん》な武器を手にしたヤクザが隠れているかもしれぬと思うと自然に息が詰まり、緊張が高まっていく。レイガンのグリップを握る右手に、汗がにじむ。
ユリは、疲労をおぼえた。

頭が重く、肩が張る。

はじめは緊張のせいだと思い、リラックスしようとした。

だが、そうではないようだった。

疲れているのは、目だ。

照明がおかしい。

ホールは壁面照明になっていた。ライトなどの照明設備は、いっさいない。かわりに、四方の壁全体が白く輝いている。天井も全面が光を放っている。

壁面照明そのものは、少しも珍しくはない。個人の邸宅でも使用されている。が、ここの壁面照明は、通常のそれとは少し方式が異なっていた。

光が刺激的なのだ。点ではなく壁面が光る壁面照明は、やわらかく穏やかな光が基本とされている。淡くぼおっと輝いて、目に負担をかけないように工夫されている。

ところが、ここの壁面は光が強い。しかも、ちかちかとまたたくような感じで光る。

ほかでもない。ドルロイの技術である。ユリが、不審を抱くのは、むしろ当然であった。

これでは、実用レベルに達していない。

何かある。そう思った。

その判断は正しかった。

出発点から、ダンとユリは五列進んだ。

机は、まだ数十列、並んでいる。このホールは、かなり広い。四、五千人は収容できるキャパシティがある。

それを、あの疲労を募《つの》らせる照明の下で、一列ずつ眺めていかねばならない。

ユリはうんざりしていた。はじめたばかりだが、いやになっていた。

足を止め、深呼吸した。

はたからうかがうと、ため息をついたとしか見えない。

ゆっくりと息を吐き、演壇のほうにぼんやりとした視線を向けた。と。

視野の端で、何かが動いた。

気力が萎《な》えているので、ユリは、すぐそれに対処できない。

一拍、間を置いて、体内警報が鳴った。

あわてて、レイガンを持ち直した。表情を引き締め、結んでいなかった焦点を一点に絞りこもうとした。

そのときである。

ムギが咆えた。

「ぎゃわん」

背後だ、ホールのうしろ側。

ユリは反射的に首をめぐらせた。

それと同時だった。

前のほうの連中も、本格的に動いた。

口笛に似た鋭い音が響いた。そして、何かが弾けるような強い音が、それにつづいた。

右の二の腕に激痛。

ユリは小さな悲鳴をあげた。

短い軽合金製の矢が刺さっていた。

ユリのすぐ脇の机の端に。

矢はユリの腕を擦過していた。皮膚はポリマーが守ったが、衝撃は緩和できなかった。

ユリは正面に向き直った。ヤクザがいた。三、四人。机の間から上体をだして、わりに嵩《かさ》のある武器を胸もとに構えている。武器が何かは、よくわからない。

ひとりが、その武器をダンに向けて発射した。

ダンは体を捌《さば》いて、攻撃をかわした。

あらたな矢が、椅子の背に刺さる。

ボウガン。

光線兵器ではない。ヒートガンでもブラスターでもない。スポーツ競技でしか使われていないボウガンをヤクザが狙撃に用いている。

ダンがハンドブラスターを構えた。

ユリもレイガンの狙いを定めた。

ほぼ同時に、トリガーボタンを押した。

ヤクザが逃げた。机の蔭にひっこみ、姿を隠した。

レイガンのビームがよじれた。

よじれて、ねじ曲がり、壁に向かっていった。

そのまま壁に吸収された。

ハンドブラスターの火球は、もっとすさまじいことになった。

オレンジ色の火球は、正面の壁に激突した。

いったん吸いこまれ、それから再び生じて、まっすぐにダンのもとに戻った。

火球がダンを直撃する。

熱エネルギーのバックファイヤである。

ダンはハンドブラスターを捨てた。

捨てて、机を三列分ほどダイブした。

火球は捨てられたハンドブラスターを灼いて、また近くの壁へと向かう。

そこで、また吹き戻された。

まるで、火球のビリヤードであった。床、壁、天井にぶつかって、火球が跳ねまわる。

からだが、その途中で火球に触れたらおしまいだ。即死である。ユリも二度ほど肝を冷やした。

跳ねるたびにエネルギーは減衰されるが、しかし、なかなか安全なレベルには落ちない。

これが、別荘の内部に施された、高エネルギー兵器阻害システムであった。

壁面から放射される力線が周囲の空間に格子構造をつくり、その構造が、熱エネルギーによって歪められようとしたとき、熱エネルギーのバックファイヤ現象が生じる。その効果は、特にヒートガンやブラスターで顕著となる。レーザービームや爆弾などはバックファイヤが起きる前に、熱エネルギーが格子構造に吸収されてしまう。発光する壁は、照明ではなかった。格子構造が光を発し、それが照明をも兼ねている。

ユリとダンは、事態を悟った。

ザルバコフの危惧《きぐ》は、正鵠《せいこく》を射ていた。

ヤクザが、再度あらわれた。

こんどは人数も十余人に増え、得物を変えている。ボウガンではない。

七百ミリブレードの高周波ナイフである。

ブレードを超高速で振動させ、その波動で、対象物を切り裂く。パワーによっては、宇宙船の構造材であるKZ合金さえも瞬時に切断する。

「なるほどな」

ダンはベルトからザルバコフのバトンを抜いた。

後端にあるスイッチを押した。

バトンがうなり、青白い光のブレードが伸びた。

ブレードの長さはおよそ一メートル。

電磁メスである。

ブレードは電磁バリヤーに封じこめられた高温プラズマ。鉱物であれ金属であれ、このブレードに触れると、触れた場所が一瞬にして蒸発する。

ヤクザは、ダンの電磁メスを見て、わずかにたじろいだ。ユリを五人が囲み、あとの者が、ダンを包囲した。

## 9

ダンは机の上に飛びのった。

敵は、およそ十人。これをひとりで相手するとなると、それなりに覚悟がいる。

幸い、ここは足場が悪かった。椅子と机が入り組んでいて、連係プレイがやりにくい。それも飛び道具同士の対決ではなく、剣と剣を交じえての接近戦だ。

こうなると、ものをいうのは。

度胸だ。

覚悟を決めて、先に一歩踏みだしたほうが勝つ。

「てめえら、家族はいるのか？」

ブレードを低く構え、圧《お》し殺した声でダンは言った。目が据《す》わっている。気迫が全身にあふれ、殺気が冷たくあたりを支配する。

「身寄りのないやつから、かかってきな」

ブレードを引いた。ふたり、誘いにのった。

斬《き》りこもうとする、その刹那。

ダンが逆に間合いを詰めた。

出鼻をくじかれたヤクザは、うろたえ、あせる。体勢をととのえぬまま打ちこんでいく。

ダンのブレードが右から左へヤクザの胴を薙《な》いだ。

返す刀で、いまひとり。

頭頂から唐竹割りである。

血しぶきはあがらない。電磁メスは傷口を灼く。ふたりが床に転げ落ちた。

「つぎは、どいつだ」

ダンが向き直った。鋭い視線がヤクザを貫く。

すうっと包囲の輪が広がった。

ユリは追いこまれていた。

いや。追いこまれたように見せかけていた。

五人のヤクザを等距離に置こうと、ユリは画策している。

レイガンはホルスターに戻した。

手には何も持っていない。

網が、じりじりとせばまる。高周波ナイフのブレードを振りかざした殺戮《さつりく》の網。

ユリは椅子の上に立っている。

逃げ場を失った者のおどおどした態度を装う。しかし、隙はない。五人の動き、すべてを捕捉している。

殺気が急速に高まった。決着をつけようとする無言の合意が、五人のヤクザの間を駆けめぐった。

詰まる。間合いが。

ユリの指がホットパンツのポケットに伸びた。

人差し指と中指が、一枚のカードをそこからつまみだした。

血《ブラッディ》まみれカード。

テグノイド鋼でつくられた銀色に輝くトランプ大の薄いカードである。カードは四辺がエッジ状に研《と》がれており、厚さ二ミリのKZ合金をも両断する切れ味を有している。

ブラッディカードは、文字どおり、ユリの切札だった。

投ずれば、イオン原理で二時間以上は飛行し、また専用の送信機でそれをコントロールすることもできる。ブラッディカードならば、高エネルギー兵器阻害システムにも影響されない。

十分に五人のヤクザを引きつけてから、ユリはブラッディカードを投げた。

カードは、いきなり右手の男の喉をえぐった。

不意を衝かれて、男は声も発しない。

ひゅうと笛の音のような音を響かせて、鮮血がほとばしる。

まさにブラッディカード。

さらにふたりが犠牲になった。ひとりは延髄《えんずい》、もうひとりは左胸と腕を切り裂かれた。

カードは、円を描くようにユリを囲む五人をつぎつぎと襲う。

ふたりは、かろうじてカードをかわした。

とはいえ、ひとりは手首を飛ばされた。無傷のひとりもバランスを崩して、机の上から床に転落した。ユリは、手首と一緒に机の下に落ちたブレードを拾おうとしたが、作動中の高周波ナイフは机や椅子を切り裂きながら暴れまわって、危険極まりない。拾うどころか、逃げねばならなかった。

ブラッディカードが戻ってきた。

二本の指でぴたりと受け止め、ユリは椅子を蹴った。

ひとりで奮戦しているダンのもとに馳《は》せ参じた。

ダンは六人を相手にしていた。

果敢に攻めたてて優勢を保っていたが、さすがに多勢に無勢。体力をかなり消耗している。呼吸が荒く、ポジションもあまりよくない。壁際に近づいている。電磁メスのブレードは、高周波ナイフのそれよりも、ここでは不利だ。誤って壁にブレードが触れると、高周波ナイフのほうはなんでもないが、電磁メスは高温プラズマにバックファイヤが生じ、ブレードが破壊される。

ダンは壁の位置をも考慮して立ちまわらねばならない。そこへ、ユリがきた。

ブラッディカードを投げた。

背後からカードが襲う。

ふたりの首を裂いた。包囲が、わっと崩れた。

ユリはカードを操る。

机の上に立っているヤクザの足もとに達した。

そこからすくいあげるように喉を狙った。

ヤクザは手練《てだ》れだった。

ブレードが一閃した。

急上昇してくるブラッディカードに、ブレードを叩きつけた。

片や高周波ナイフ。片や超硬テグノイド鋼。

対決は、五分だった。相討ちである。

ブレードが折れた。

カードはふたつに裂かれた。

万事休す。

ブラッディカードは一枚しかない。

ユリに近いヤクザのひとりが、きびすを返した。ブレードをかざして、ユリに迫る。

今度こそ、ユリは本当に素手だ。真剣白刃取りを考えたが、高周波ナイフ相手に、そんなマネはできない。指がばらばらになる。

ダンはユリを救いたかった。だが、ダンはダンで、身動きがとれない。残るふたりが、かれの前に立ちはだかっている。

「ぎゃわん」

黒い影がユリとヤクザの間に躍りこんできた。

これはムギ。言わずと知れた黒い破壊者《ブラック・デストロイヤー》。

ムギは触手に高周波ナイフをからめていた。このブレードはちゃんとスイッチが切られている。

その高周波ナイフを、ムギはユリに投げた。

ユリの手にブレードが渡った。

「どうしたの、これ」

ユリは背後を振り返った。

階段状になったホールの上のほうに、ヤクザの死体がるいるいと転がっている。

その数ざっと二十人。

ひとり残らず片づけてしまったらしい。

「なんて、子なの」

ユリは向き直った。

向き直って、驚いた。ユリに迫っていたヤクザを、もう引き裂いてしまっている。

あとふたり。

ムギとユリとダンが相手だ。

攻略は、時間の問題である。


「どういうことだ。これは！」

怒りの声が、主制御室の空気を震わせた。

ロード・ジャンニーニの声だ。

『ルーシファ』の最高幹部は、赭《あか》ら顔に青筋を浮かべ、握った拳でコンソールを殴りつけている。本当は、カネークを殴り倒したいのだが、その欲求は必死で抑えている。

「わからん、俺には、さっぱりわからん」

カネークは血の気を失い、目を見ひらいて小刻みにかぶりを振っている。

「裏切ったやつがいるんだ」ジャンニーニはカネークの顔を覗きこんだ。

「でなきゃ、あんなものを用意しているはずがねえ」

モニター画面を指差した。

十面あるモニタースクリーンのうちの二面に、クラッシャーが映っている。

右の画面には、戦闘員をすべて片づけて研修ホールからメインロビーへ進もうとしているダンとユリとムギが映っている。左の画面の映像は、地上装甲車でもうひとつのウィング棟、アスレチック・ルームに突っこんだバードとタロス、それにケイだ。こちらも戦闘員のあらかたを屠《ほふ》り、生き残ったひとりから別荘の状況を聞きだそうとしている。

「おまけに、疫病神《やくびょうがみ》が、もう一組いた」ジャンニーニはうわずった声で言葉をつづけた。「WWWAのトラコンだ。それも選《よ》りに選ってダーティペアを呼んだのは、誰だ。きさまか？」

「馬鹿なことを言うな」さすがに、カネークも顔色を変えた。

「俺はまったく知らなかった。呼んだのは、たぶんクラーケンだ。あいつらは、キャナリーシティにいた。あの野郎が、提訴しやがったんだ」

「で、間抜けな総督は、そのことに気づかなかった」

「やつら、身分を隠してたんだ」

「入国審査が聞いてあきれるぜ」

「るせえ！」

カネークは立ちあがった。ジャンニーニを睨みつけ、噛みしめた奥歯をぎりぎりと鳴らした。ジャンニーニの背後につき従っていた『ルーシファ』の戦闘員が、素早く前にでようとした。ジャンニーニは、それを制した。

「ごちゃごちゃ言わんでくれ」

大きく息を吸い、昂《たか》ぶった心をカネークは、わずかに鎮めた。

「決着は、ここでつけてしまえばいいんだ」カネークはシートに戻った。

「こいつらを、ここで始末してしまえば、揉《も》め事は終わりだ。あとはクラーケンを海の底に沈めるだけよ」

モニタースクリーンを見あげる。

「クラッシャーがなんだ。トラコンがなんだ。ドルロイは、俺の星だぞ」

両手で、髪の毛を掻きむしった。

「立派な星だ。ドルロイは」ジャンニーニは、吐き捨てるように言う。

「総督の極秘事項が、つぎつぎと漏れていく。絶対の防衛システムであったはずの高エネルギー兵器阻害システムは、実にあっさりと破られた。クラッシャーが用意してきた電磁メスでな。自慢のグディも、対空防衛火器もみんな穴だらけだ。どうなってんだ。

この星は？　おまえの味方はひとりもいないのか？」

「まだだ。まだここは陥《お》ちていない」

　カネークは叫ぶように言った。

「陥ちてからでは遅いんだ！」

　ジャンニーニは、もう一度コンソールを殴った。

「殺してやる。殺してやる」

　カネークは制御卓のキーボードに指を置いた。

「しっかりやれよ、ジュニア」ジャンニーニは、きびすをめぐらせた。

「本当に命がかかっているんだぞ」

　手招きで、戦闘員を呼んだ。

「シャトルを用意させとけ」耳もとで囁いた。

「必要になりそうだ」

「はっ」

　戦闘員はうなずいた。

「傷になったな。俺の」ジャンニーニは、カネークの背中に、ちらと視線を走らせた。

「今度の評議会が楽しみだぜ」

　葉巻をとりだし、口にくわえた。

すかさず戦闘員が、火をつけた。

# 第五章　最後の死闘

## 1

　ウィング棟から、正面棟に入った。

　これという目印もない通路を足早に駆け抜けただけなので定かではないが、走った距離を考えれば、間違いなく正面棟に入りこんでいる。

　先頭に立ったのは、足の速いムギだった。ユリが、そのうしろにちょっと遅れてつづき、ダンはしんがりをつとめた。

　ホールから通路にでる扉も、ムギが簡単にあけた。待ち伏せを警戒して、ユリとダンは低く身構えていたが、べつになんということもなく、扉はあっけなくひらいた。

　通路はしんとしており、左右に長く伸びている。

　ふたりと一頭は建物の構造に従い、左に進んだ。右に行けば、もちろん行き止まりになる。

通路は、唐突に終わった。

両脇に立ちはだかっていた、ぎらぎらと不快に輝く発光壁がふいに途切れたかと思うと。

いきなり、メインロビーに飛びだした。

ムギもユリもダンも、まったく寄り道をしなかった。通路の途中に、いくつか興味をひく扉などがあったが、あえて無視した。まずはメインロビーにでる。それがとりあえずの行動目標であった。

目標は達成された。

まっしぐらにメインロビーをめざし、なんの妨害も受けずに、あっさりと着いた。

理想的だが、いささかもの足りない。

ロビーは、広々としていた。

いったん、通路からロビーにでる角のところで、足を止めた。

左の壁にへばりつくようにしてムギがしゃがみこみ、その上にユリがまたがった。ダンは、反対側の壁に身を寄せた。さすがにクァールの背中に乗るような大胆なマネはしない。

角からわずかに顔をだし、ロビーの様子をうかがった。

さしたる特徴もない、ごくありきたりのロビーであった。リゾートホテルのそれに似ている。中央に噴水付きのモニュメントが聳《そび》え立っており、その左右にソファとテーブルが並べられている。玄関の正面にはインフォメーション・カウンター。左手奥にバー。そして、それらの間をびっしりと埋めるように、数十種類もの観葉植物の鉢《はち》が並べられている。いずれもドルロイ特有の品種らしく、ユリやダンには馴染《なじ》みのない植物ばかりだ。右手のコーナーなどは、鉢ではなく花壇のようにディスプレイされていて、巨大なアブストラクトの彫刻の表面を、赤紫色の蔦《つた》が気味悪く這いまわっている。しかし、それとても、工夫を凝らし、贅《ぜい》を尽くしたという感じはしない。とにかく、別荘のロビー風に間に合わせたというだけの設計である。

「趣味、よくないわ」

つぶやくように、ユリが言った。

「ぐるるる」

ムギが同意する。ムギはしゃがみこんだときから、巻きひげを震わせつづけている。ロビー全体の電波や電流の流れをチェックしているのだ。

「人の姿はないが、いやな雰囲気だ」

ダンが言った。クラッシャーは、ユリとはまったく異なる見方でロビーを観察している。

「さっきのホールと同じだな」低い声でつづけた。

「隠れるところは山ほどある。ジュニアは俺たちをすんなり通したくない。必死でひそめている息づかいが聞こえてくるようだぜ」

「階段は、あっちのほうみたいね」

ユリは真向かいの壁を指し示した。ちょうど、彼女が隠れている通路と相対する位置だ。そこにべつの通路が口をあけている。反対側のウィング棟につながっている通路らしい。

「ケイやクラッシャーは、どこにもいないわ」

「俺たちが先に着いたのかな」

「それとも、もうこのフロアを突破して、上だか下だかに行ってしまった」

「どっちにしても、階段があの通路の奥にあるのなら、あいつらはここにはこない」

「ヤクザがいようがいまいが、あたしたちは、ここを突っきらなくちゃだめね」

「結論はひとつだが、しかし、やり方はいろいろとある」

「どの手がいいの？」

ユリは小首をかしげて、ダンをちらと見た。

「そうだな」

ダンはあごに指を置いた。

「ぐるるるる」

またムギがうなった。

「ちょっと静かにしてなさい」

ユリがたしなめた。たしなめながら、クァールの首筋を軽く叩いた。

「うるぐるがるる」

しかし、ムギはうなるのをやめなかった。それどころか、さらに激しくうなりはじめた。

「ムギったら、どうしたの」

ユリは眉をひそめた。

おかしい。

不吉な予感がした。これは正常な反応ではない。

「がうるるる」

ムギの背中の毛が逆立った。

巻きひげが、小刻みに速く震えている。猛烈な速度だ。いつもの震わせ方とぜんぜん違う。

いけない！

血の気が引き、ユリの全身がすうっと冷えた。

この症状。

前にもあった。

電波中毒に似ている。

クァールは、電波に酔う。極めて強い電波を集中的に浴びたときだ。酔っぱらって、中毒症状を呈する。

酔ったクァール。

危険といえば、これほど危険な存在は他にない。電波に酔って苦しむクァールは、噴火した火山にも等しい。爆発的に暴れ狂い、ありとあらゆるものを破壊し尽くす。止めることなどできない。クァールは我を忘れ、死を撒《ま》き散らし、世界を破滅に導く。

ジュニアがやったんだわ。

ユリは、そう思った。

ジュニアは、ホールでの一部始終を、その目で見ていたはずだ。この館に、監視用のカメラがないはずがない。

それを見て、ジュニアはムギの正体を知った。

クァール。

一般にはほとんど知られていない生物だが、それだけに、かえって調べるのは容易《たやす》い。

発見されたいきさつも、能力も、弱点も、全部市販のデータパックにおさめられているからだ。もちろん電波中毒のことも略されてはいない。

　ダーティペアが連れている生物がクァールと知って、ジュニアは対抗措置を用意した。かれらにとって、クァールは最大の脅威である。ダーティペアもクラッシャーも手強《てごわ》い敵だが、クァールの比ではない。クァールは、ただ一頭で数十人のヤクザをまたたく間に屠《ほふ》った。クァールがいなければ、数で圧倒的な優位に立つヤクザたちは、ユリとダンの息の根をとうに止めていたはずだ。

　強力な電波が、メインロビーを満たしている。

　降りなきゃ、こっから。

　ユリはあせった。

　電波中毒のクァールにまたがっていたら、飼主といえども生命の安全は保証されない。身をよじり、ムギの背中から飛び降りようとした。

　が、
　遅かった。

　足を外し、体を入れかえる直前に。

「ぎゃおん！」

　ムギが咆《ほ》えた。

　咆えて、床を蹴った。

黒い巨体が、宙に舞う。

「きゃっ」

あわてて、ユリはムギにしがみついた。首に腕をまわし、触手の根元を両手でつかんだ。

ムギが跳ぶ。

恐るべきジャンプ力だ。ユリの重さなど、まるで意に介していない。軽々と跳び、その高度は、天井近くまで達している。

ムギは、一気にロビーの中央に躍りでた。

噴水付きモニュメントの手前だ。

着地し、もう一度跳んだ。

斜め右。インフォメーション・カウンターを狙った。

黒い、しなやかな肉体が大きくひねられ、波打つように収縮した。

ユリのからだが跳ねた。

躍動する筋肉が、ユリを弾きとばした。

「!」

ユリの指が、触手から離れる。

ユリのからだも、ムギの背中から離れる。

ユリは放りだされた。

ふわりと浮き、空中で仰向けになった。

そのまま、まっすぐに落下する。

噴水を囲むように、花壇があった。丈が低く葉の大きな植物を集めたドーナツ型の花壇だった。しかし、まだ完成していないのだろう。植物はまばらで、大部分を黒い土が占めている。

ユリが落ちたのは。

その土の上だった。

運がよかった。ツキもあった。土はやわらかく、クッションがよく利いていた。

ユリのお尻がめりこんだ。

腰と腿、それに胸の半ばあたりまでが土中に沈んだ。

土が、ユリのからだを埋めた。まるで、ユリの上体と二本の脚が、花壇に生えているような格好になった。

「いったあい」

一拍、間を置いてから、悲鳴があがった。半泣きの悲鳴である。

泣きながら、ユリはもがいた。幸いにも、怪我はない。腕も足も動く。もがけば、なんとか立ちあがれそうだ。

だが。

お尻はどうしても、土中からでようとしなかった。スイッチを切った高周波ナイフを杖がわりにしたが、だめだった。やわらかい土質が仇《あだ》になった。むしろ、もがけばもがくほど、からだは土の奥へともぐっていく。

「しょうがないな」

通路の蔭で。

ダンがつぶやいた。

いろいろとあったはずのやり方が、いつの間にかひとつに絞りこまれている。

とにかく闇雲にロビーの中へとでていくしかないのだ。

本当に、しょうがない状況だった。

## 2

ダンはダッシュした。

ムギの動きをたしかめ、通路からロビーに素早く躍りでた。

ムギはインフォメーション・カウンターに飛びのった。飛びのって、いきなりカウンターをその鋭い爪で無造作に引き裂いた。

カウンターには、コンピュータのディスプレイや映像モニターがビルトインされている。

それらの装置をムギはずたずたにした。

火花が散った。

樹脂製のデスクトップが砕け、土台は真ふたつに折れた。

まるでペーパークラフトのように、カウンターは他愛なく破壊されていく。

前肢を振りあげ、ムギはカウンターの上で仁王立ちになった。

そのまま、頭からカウンターの内側にダイブした。

と、同時に。

ダンはスタートを切った。

全力疾走で、ユリが埋まっている花壇に達した。

「つかまれ！」

自然石で組まれている花壇の縁に飛びのり、手を伸ばす。

「だめえ」

届かない。仰向けにひっくりかえされた亀《かめ》のように、ユリは手足をばたつかせている。

相手がクラッシャーなら、事は簡単だ。足首をつかんでひきずりだせばよい。しかし、
それをやるとまず間違いなく相手の顔が土の中にいったんもぐる。もぐっても、男は気

にしない。笑い話ですむ。が、女は違う。女はあとに尾を引く。ましてや、ユリはダーティペア。

「ナイフをこっちに」

高周波ナイフをダンは指した。

「これ？」

ユリはナイフのブレードをダンに向かって振った。先端が、弧を描いて突きだされた。

ダンはそれを握った。

片手で、ぐいと引く。

抜けた。

ユリのお尻が勢いよく。

上体が浮き、ユリは跳ねるように立ちあがった。

力が余った。

立ちあがったユリが、前につんのめる。足を踏んばって勢いを殺そうとするが、やわらかい土壌では踏んばりきれない。

足をもつれさせ、飛びかかるようにユリはダンに抱きついた。

やむなく、ダンはユリを受けとめた。長身のダンが一段高くなった縁石の上に立っているから、ユリがしがみついたのは、ダンの腰である。頭突きをダンの腹部に見舞うような体勢になった。

ダンの鍛えあげられた腹筋は、鋼《はがね》も同然であった。

「いったあい」

もう一度、ユリは泣き声をあげた。

「腕をひらいて」

ダンが言う。

両腕をユリの腋下に差しいれ、ダンは彼女を縁石の上まで持ちあげた。踏みこんだ足が脛《すね》のあたりまでもぐっていて、なかなか抜けない。ダンの上膊筋《じょうはくきん》が、小山のようにパンプアップした。

ようやく目の高さに差しあげた。

そこで。

ダンの動きがぴたりと止まった。

「？」

あげたはいいが、降ろしてくれないので、ユリはきょとんとしている。

ダンの目を見た。

視線が、ユリの背後に向かっていた。表情が険しい。まなざしに殺気がある。

「投げるぞ」ダンは言った。

「身構えろ」

そして、ユリをななめうしろにひょいと放り投げた。

ユリはからだを丸め、バランスをとった。

視界が、上下逆になる。

ユリを捨てると、ダンはホルダーから電磁メスを抜いた。

ブレードを伸ばし、噴水に突進した。

花壇を飛び越え、階段状にデザインされたモニュメントの端にひらりと立つ。

水しぶきがあがった。

ダンの足もと。噴水池の中から。

ユリは着地に成功した。

体をひねり、腰を落として床に舞い降りた。

すかさず、高周波ナイフのスイッチをオンにする。

悲鳴がほとばしった。

二方向からだった。正面と右手。それもひとりではない。複数の悲鳴である。重なり合い、長く尾を引いている。

右手は。

ムギだった。

ムギがカウンターの中でヤクザを蹴散らしていた。十数人のヤクザ。隠れていたのか。秘密の通路からあらわれたのか。どうやら、いっせいにムギに襲いかかったらしい。選《よ》りに選って電波中毒のムギに。

正面の悲鳴も、やはりヤクザがあげたものだった。原色のウェットスーツを着てマスクをかぶり、人工エラを口にくわえた面妖なヤクザが出現していた。高周波ナイフを振りかざしているので、それとわかる。

ウェットスーツのヤクザは、噴水池から飛びだした。

垂直に躍りでて、ダンに斬りかかった。

不意打ちでも奇襲でもなかった。ダンは、その襲撃を予測していた。だから、ユリを投げ捨てて噴水池の端に飛び移った。

水中にひそんでいたヤクザは、五人だった。そのうち三人を、ダンは瞬時に斬り伏せた。二人は電磁メスの切っ先を逃れ、花壇を越えてユリに迫った。

おもしろいじゃない。

ユリは、かえって喜んだ。

二対一でも、臆したりはしない。

ステッキ・アクションの正式なライセンスを、ユリは持っている。ステッキ・アクションとは、いわゆる棒術だ。惑星シモーグにあるWWWAのトラブル・コンサルタント養成所で、ユリは射撃やカンフーとともに、ステッキ・アクションを習った。得物が高周波ナイフならば、要領はステッキ・アクションと同じだ。

ふたりのヤクザが、左右に分かれた。

ユリは前にでた。右のヤクザが、わずかに遅れている。

間合いが詰まった。

左のヤクザがくる。

ユリは高周波ナイフを横に薙《な》いだ。

薙ぎながら、さらに踏みこむ。

鈍い音。

腹腔《ふくこう》が弾ける音だ。

きびすを返す。反動をつけ、一瞬にしてからだの向きを入れかえた。

目の前に。

もうひとりのヤクザが立っている。ユリの動きに追いついていない。高周波ナイフも、もたもたと右手に移動しようとしている。

隙だらけだ。

ガードもせず、ユリに半身をさらしている。

袈裟懸《けさが》け。

ブレードが一閃する。

須臾《しゅゆ》の間、時が止まった。ヤクザもユリも、彫像のように凝固した。

ややあって。

ユリの口から、短く吐息が漏れた。

それが、きっかけになった。

ヤクザのからだが、くたりと崩れた。

高周波ナイフが、ユリの手の中で、くるくるとまわる。

ユリは、背後を振り返った。

ヤクザが逃げまどっていた。

カウンターの中で、ムギに手をだしたヤクザである。もうほんの数人しか残っていない。

その数人が、我先にとカウンターから飛びだして、通路へと走る。奥に階段があると思われる通路だ。

ムギは、かれらを追わなかった。それどころか、数人が逃げだしたことも気づいていなかった。ただひたすらにカウンターの中で暴れ、破壊の限りを尽くしていた。おそらくは、あのあたりに電波の発信源があるのだろう。しかし、中毒状態にあるムギにはそれが見つけられない。見つけられないから、いよいよ狂乱の度を増し、壁であろうと調度であろうとかまわず叩きつぶしていく。

ユリは迷った。

逃げるヤクザを追うべきか。それともムギを中毒から救いだすか。ダンは、すでにヤクザを追うべく身をひるがえしている。

迷うユリ。

その迷いを。

皮肉にもジュニアが解いた。

ムギが、いきなりのけぞった。高く跳ね、痙攣するように全身を震わせた。

ついに中毒のピークがきた、とユリは思った。

が、そうではなかった。

痙攣は一、二秒でおさまった。

ムギは、腰を落とし、何度か首を強く左右に振った。

それで十分だった。ムギは電波中毒から醒《さ》めた。

ジュニアは悟ったのだ。クァールを狂わせることの恐ろしさを。電波で狂わせても、クァールは封じられない。逆に凶暴にし、館そのものを粉砕される。

「うぎゃお」

ひらりと跳んで、ムギはユリのもとに戻ってきた。

「行くわよ、ムギ」

ユリは言った。いちいちたしかめるまでもなかった。ムギはもう本来のムギである。双眸の輝きで、それがわかる。

「あっち。ダンが向かってるとこ」

通路を指差した。

ヤクザを追う。

パニック状態に陥ったヤクザは、必ず仲間のいる場所に逃げる。そのあとを追えば、わざわざ別荘じゅうを捜す必要はない。かれらが、案内してくれるのだ。ジュニアのもとに。

高周波ナイフを提《さ》げ、ユリはムギとともに通路へと飛びこんだ。

## 3

ヤクザは、階段に逃げた。ウィング棟には向かわなかった。

かれらは、別荘の二階で待機していた。ジャンニーニに引き連れられてここにきたときから、二階のゲストルームの外には一歩もでていない。『ルーシファ』の特殊戦闘部隊の隊員は、ヤクザではあるが、実際は本式の兵士だ。命令には絶対に服従し、上官の指揮で統一された戦闘行動をとる。

〈アトラス〉が宇宙港を発進したころ、ジャンニーニが総員配備を命じた。

ヤクザは所定の位置に配された。

ある者は研修ホールに、またある者はアスレチック・ルームに。メインロビーでは、十八人がインフォメーション・カウンター内側の隠し部屋にひそみ、五人が人工エラをくわえ、ウェットスーツを着て噴水池に潜った。武器は、火器が使用不能ということで七百ミリブレードの高周波ナイフが与えられた。

侵入してきた敵は、男が三人に女がふたり、そして大型の四足獣が一頭だった。そのうちメインロビーにはふたりと一頭がやってきた。

楽勝だと思った。

数分で始末できると、たかをくくっていた。

結果は、まるで違った。

蹴散らされ、寸毫《すんごう》の間に始末されたのは、ヤクザのほうだった。

三人しか、生き残らなかった。

あとは全滅した。

戦闘のプロとしての誇りも自覚も吹き飛んだ。

三人のヤクザは逆上し、我を忘れて逃げだした。

二階ではなく、地下に向かって逃げた。

何階かは知らされていないが、ジャンニーニや他の仲間はみな別荘の地下にいる。二階は空だ。総員配備で出動し、誰もいない。

ふたつ目の踊り場で、ヤクザを追って階段を駆けおりるダンは、ムギに抜かれた。

黒い影が、ダンをかすめてふっとあらわれ、ふっと消えた。

それがムギだった。

どうやら正常に戻ったらしい。

地下一階の通路にでた。

階段から飛びだして素早く左右に視線を走らせたが、もうヤクザの姿もムギの影も見えない。

だが、どこへ行ったかの見当はついた。

正面、左手すぐの壁に扉がひらいている。

大きな扉だ。キーパネルが破壊されていて、そこから薄く煙が立ち昇っている。

「どっち？」

ユリが追いついた。早口でダンに尋ねた。

「あの中だ」

ダンはあけはなたれている扉に向かってあごをしゃくった。

ユリの眉が、小さく跳ねた。

「キーパネルが」

ダンと同じことに気がついた。

扉をあけたのは、ムギではない。

たぶん、ヤクザでもないだろう。

キーパネルを壊さねば扉をあけられなかったのは。

ケイ。タロス。バード。

かれらしかいない。

「あいつら、やりやがったな」

ダンがつぶやき、通路を横切った。打ち合わせどおりなら、〈アトラス〉でバリシア島の空港に強行着陸した三人は、〈アトラス〉に搭載してある地上装甲車で、この別荘に突入しているはずだ。場所はダンたちが破ったのとは反対のウィング棟。ヤクザの抵抗にてこずらなければ、研修ホールよりもずっと階段に近い。

ダンが扉をくぐった。

ユリも、そのあとにつづいた。

別荘の地下一階は。

ロビーだった。

地上のメインロビーほど装飾が過剰ではないが、まぎれもなく、これはロビーであった。ソファやテーブルが置かれ、観葉植物の鉢もアブストラクトの彫刻も、ひととおりそろっている。広さは、メインロビーの三分の二くらいである。

ダンとユリは、ロビーの中央に進んだ。

ソファが何脚か、ふたつに割れて倒れている。破壊されたのではない。人為的な仕掛けだ。たとえば、誰かが、この中にひそんでいたとか。

猛々しい咆哮が、激しく空気を震わせた。

ムギの雄叫《おたけ》び。

ロビーの突きあたりだ。

ムギは、ヤクザに襲いかかっていた。たった三人である。ヤクザはひとたまりもなかった。太い前肢でふたりが薙ぎ倒され、ひとりは鋭い牙に脊髄《せきずい》を噛み砕かれた。

「殺さないで！」

と、ユリは叫ぼうとしたが、完全に間に合わなかった。

喉から声になってでてきたときには、もう三人のヤクザは鮮血にまみれて床に転がっていた。

ユリとダンは、ムギに駆け寄る。

ムギは動きを止めなかった。

突きあたりの壁には通路の入口があった。幅三、四メートルのあまり広くない通路である。

三人のヤクザを屠ったムギは。

その勢いを維持したまま、通路の奥に飛びこんだ。

あらたな悲鳴があがった。

通路の中からだ。

誰かいる。

ダンが通路の入口に至った。様子も見ず、駆けこもうとした。

そのとき。

ヤクザがふたり、通路の奥から飛びだしてきた。

ダンと鉢合わせになった。

激突寸前で、両者は足を止めた。

一瞬の間。

ヤクザは目を見ひらき、髪の毛を逆立てている。

眼前の男の素姓を、ヤクザは認識した。

クラッシャー。

手にしていた高周波ナイフを振りあげ、斬りかかる構えをとった。

が、そのときにはもう、ダンが行動を起こしていた。

電磁メスが稲妻のように疾《はし》る。

白光のブレードは、ふたりのヤクザの肩と胴を灼き裂いた。

ヤクザはのけぞり、一回転して床に落ちる。

ユリがきた。

「お先に」

ダンの脇をすりぬけ、通路に入った。

通路は血の海だった。

そこかしこに、ヤクザが倒れている。どのヤクザも、頭や腕がない。何条もの爪あとが肉をえぐっている。それが首から上に及んでいるヤクザは頭部を粉砕された。

ムギの怒りが、たっぷりとこめられた一撃。

電波中毒で味わわされた苦痛を、クァールはすべて怒りに変えた。変えて、出会ったヤクザに叩きつけた。

容赦がない。

殺気の塊だ。

ユリは通路の奥へと走った。全速力で走った。

なだめねばならない。

激昂するムギを。

ダンが、ユリの横に並んだ。

「すごいな、これは」

走りながら言った。

「ジュニアが馬鹿なのよ」

ユリはカネークを罵った。

行手に、何かが見えた。

通路がふさがれている。

バリケードかと思ったが、そうではない。

カートだ。貨物運搬用のホバーカート。三台が、床上三十センチくらいのところに浮かんでいる。その周囲に、人が何人も倒れている。

手前のひとりは。

女だ。

髪が赤い。銀色の短上着に、同色のホットパンツと編上ブーツを身につけている。横にムギがしゃがみ、しきりにその顔を嘗《な》めまわしている。

あれは。

あの娘は。

「ケイ！」

ユリが叫んだ。

絶叫だった。

## 4

死んではいなかった。

それどころか、無傷だった。タロスもバードも、ケイと同じ場所に倒れていたが、やはり怪我は負っていなかった。意識もあった。

ただし、ユリやダンの呼びかけには、まったく応《こた》えない。瞳すらも動かない。筋肉が弛緩《しかん》している。

「うるるる」

ケイの顔を覗きこんだムギが、心配そうなうなり声をあげる。

「ガスだな」

症状をチェックして、ダンが言った。

「ガス？」

「ベルフタミンAだ。たぶん、この通路におびき寄せられて、かがされたんだろう」

ベルフタミンA。

暴徒鎮圧用の無力化ガスである。これをかがされると数秒で全身の主要な随意筋が弛《し》緩《かん》し、からだの自由が利かなくなる。それでいて、意識は失わない。

ベルフタミンAは、連合宇宙軍や各国の公安機関などでも広く制式採用されている。致死性が皆無のうえに、後遺症が残らないからだ。また、解毒剤があり、あらかじめその薬液を体内に注入しておけばガスの効果を免れることも可能で、それも歓迎される理由のひとつとなっている。これならば、マスクを着用して相手を警戒させてしまうこともない。ガスが残留しているうちに、無力化させた暴徒をその場から排除することもできる。

「ヤクザのパウチを探ってみてくれ」ダンはユリに向かって言った。

「解毒剤を持っているかもしれない」

「いいわ。待ってて」

ユリは手近なヤクザの死体に手を伸ばした。カートのまわりはヤクザの死体だらけだ。七、八体は転がっている。みんなムギに始末されたヤクザである。爪で裂かれ、牙に嚙み砕かれて、どの死体も肉体の一部分を失っている。中には二部分も三部分もないヤクザもいる。

解毒剤のカプセルは、三体目のヤクザのベルトパウチに納められていた。

YAS.

ダンはカプセルを付属の無針注入器にはめこみ、その先端をケイの首筋に押しあてた。ボタンを押して、カプセル内の薬液を頸動脈に注入する。

タロスとバードにも、同じ処置を施した。

三分ほどで、解毒効果はあらわれた。

まず、まばたきがはじまった。

つぎに、指先が震えるように動きだした。

五、六分もすると、ほぼ完全に筋肉の弛緩は解け、口もきけるようになった。

「ちくしょう！」

頭を平手で叩きながら、タロスが立ちあがった。わずかに足もとがふらついているが、歩けないというほどではない。何回か、膝の屈伸運動をおこなった。

「みごとに、はめられたな」

ダンが言った。

「面目ねえ」

タロスは照れ笑いを浮かべた。

「ここまでは順調だったのよ」

ケイが言った。彼女は、まだ床に腰をおろしている。舌がうまくまわらないのか、エロキューションが少し悪い。「ここまれは、るんちょうらったのよ」と、聞こえる。

「待ち伏せしていたヤクザの口を割らせて、とんとんとんとおりてきたんだからぁ」ケイは傍らに立つユリを振り仰いだ。

「んでもって、隠れていた連中をここに追いつめたら」

「シャッターが降りて、ガスを吹きつけられたのね」

「頭《たま》にきちゃうわ。やることが陰険よ」

　ケイは口をとがらせた。

「どうします。おやっさん」

　バードがダンに声をかけた。〈アトラス〉の機関士は、床にあぐらをかいている。こちらのほうは、ケイのようにガスの影響を残してはいない。口調もふだんとまったく同じである。

「この別荘の地下は四階まであるとヤクザが言ってました」低い声で、言を継いだ。

「この階を省いても、あと三フロア。けっこうたいへんですぜ」

「やはり、二手に分かれて探るほかはないだろうな」

　ダンは腕を組んだ。

「どういうふうに？」

　タロスが訊いた。

「フロアごとにだ」

「まずはB2とB3ね」

ケイが言った。

「あんたとタロスとクァールがB3ってのは、どうだ?」

ダンはケイを見た。

「おたくとユリ、それにバードがB2を受け持つのね」

「どちらも空振りなら、B3で合流して、一気にB4になだれこむ」

「俺はかまいませんぜ」バードが腰をあげた。

「誰が捕まえても、全員が集まるまでジュニアの息の根を止めないでおいておくというのなら」

「それと、ジャンニーニもよ」

ケイが付け加えた。

「ジャンニーニ?」ユリの眉がぴくりと跳ねた。

「ジャンニーニって、あのロード・ジャンニーニ?」

「そーよ」ケイは大きくうなずいた。

「生捕りにしたヤクザが吐いたの。ジャンニーニもここにいるわ。ジュニアと一緒に、どっかに隠れてるのよ」

「ほんとにいたんだ。あいつ」ユリの目の色が変わった。

「あんな大物。逮捕したら、ボーナスよ。休暇だってもらえちゃうわ」

「でしょ！」

ケイはジャンプするように立ちあがった。

「ずえったい逮捕よ！　ボーナスをもぎとるのよ！」

ユリと手を打ち合わせた。

「ごほん」

ダンが、わざとらしい咳払いをした。

はしゃいでいたダーティペアが、びくっと動きを止めた。

そろそろとダンに目をやる。

「よろしければ、行動に移りたい」ダンはおごそかな声で言った。

「異存はないかな？」

「ありませえん」

声を揃えて、ふたりは答えた。

階を下る前に、一応、地下一階のフロアを隈《くま》なく調べた。

B1は、ロビーのほかはゲストルームになっていた。ベッドはツインで、どれも二間つづきのスィートである。壁は通常の発光パネル。ロビーの壁のように、高エネルギー兵器阻害システムの力線格子構造パネルではない。

ゲストルームはすべて空であった。

誰もいない。ヤクザも、それ以外の人間も。ひとりとしていない。

B1は、ロビーにひそんでいたヤクザがすべてであった。

ジュニアはべつの階にいる。ジャンニーニもそうだ。どこかで、ことの成り行きを眺めている。それがどこかは、まだわからない。

しかし、収穫もあった。

目安ができたのだ。

ヤクザは高エネルギー兵器阻害システムが組みこまれているところでのみ、待ち伏せをかける。

武器を絞りこんでしまったからだ。狭い室内では、火器は有効ではない。同士討ちも考えられるし、予測しがたい射線で狙われたりもする。人数の多寡《たか》が、有利不利につながらない。

一般的な壁面照明が使用されている部屋は、とりあえず無視してもよさそうだ。

これで、探索時間がかなり節約できる。

階段に戻った。

ムギが、まずおりた。

階段の入口で、ダーティペアとクラッシャーは待機した。

ややあって、ムギが咆えた。うぉんという短い一声だった。

合図だ。誰もいないときの。

ザルバコフが用意したクラッシャーのジャケットには通信機が装備されていた。左手首にブレスレットに似せてはめこんであるのがそれだ。しかし、別荘では、通信機は役に立たなかった。

妨害電波が流されているからである。先にムギを狂わせた電波は、それを強めたものだ。

通信機を持ちながら、クラッシャーは互いに連絡をとり合えない。電波を操る能力を有するムギは、通信機に直接信号を送ることができるが、今回は、その手も利かなかった。咆えて、伝える。原始的だが、それがいちばん確実で安全だった。

ムギの合図に従い、五人は階段を下った。

B2の通路にでた。ムギが待っていて、触手を忙しく振った。

手信号である。

「人影なし。部屋数多し」

その意味をユリがクラッシャーに教えた。

「この階は、全部がゲストルームみたいだな」

通路に沿ってずらりと並ぶドアを見て、ダンが言った。通路の壁は通常の壁面照明である。ぎらぎらと輝く例のシステムの壁ではない。

「しんどいぜ。こいつァ」

バードが顔をしかめた。

「あたしたちは下へ行くわ」

ケイが言った。

「どじ踏まないでね」

すかさずユリが口をはさむ。

「そっちこそ」

軽いジャブのようなやりとりをした。

五人と一頭は、また二手に分かれた。

ムギを先頭に立てて、ケイとタロスが階段を下っていく。

「さあて」ダンが通路に向き直った。

「さっさと片づけちまおう」

電磁メスのスイッチをオンにした。

## 5

　このフロアは、まさしくホテルであった。

　通路が幾筋も並行に走り、そこに取りつけられたドアは、すべて同じ意匠《いしょう》で統一されている。ドアにはナンバーがふられ、キーパネルが壁に埋めこまれている。一室あたりの間取りや広さは、B1のそれと同程度らしい。この規模ならば、『ルーシファ』は一般市民にまったく気どられることなく、数千人のヤクザをドルロイに送りこめるだろう。送りこまれたヤクザはジャンニーニの尖兵《せんぺい》となり、やがては惑星そのものが『ルーシファ』の支配下に陥ちる。

「ジュニアは、いいときに呼んでくれたぜ」バードが言った。

「こいつが完成していて、定員いっぱいにヤクザが集められていたら、俺たちでは手に負えなかったろうな」

「そうしたら、宇宙軍呼んでるわ」ユリが言った。

「島ごと消すしかないでしょ」

「違《ちげ》えねえや」

「バード」

　ダンが口をひらいた。

「へえ」

「おまえは右だ」首を横に振った。

「手当たり次第に踏みこんで、超特急で駆け抜けろ。この様子じゃ、もぬけのからだろうが、念のためだ。大胆かつ迅速《じんそく》にやってくれ」

「俺好みのやり方ですな」

「そうだ。──ユリ」

ダンは視線を移した。

「はあい」

「あんたは左だ」

「あたし好みのやり方で？」

「もちろん」ダンはにやりと笑った。

「俺は真ん中。俺好みのやり方でやる」

「競争みたいね」

ユリも微笑んだ。

「こうでなくっちゃな」

バードがつぶやいた。このクラッシャーは、もう動きだしている。電磁メスを右手に提《さ》げ、大股で通路を奥へと進んでいく。

「いぶりだしたら、派手にやるぜ」首をめぐらし、つけ加えた。

「騒ぎを聞いたら、だしぬかれたと思ってくれ」

向き直り、歩調を速めた。

通路の端に着いた。

右に折れ、壁の左側に身を寄せる。

電磁メスを肩の高さにあげ、ブレードを突きだすように構えてドアのひとつに近づいた。

キーパネルに、白く光るブレードを無造作にぶちこんだ。

ブレードはパネルを灼《や》き、壁の奥深くずぶりと沈んだ。

ドアがひらいた。

バードは電磁メスをパネルから引き抜いた。パネルは丸くえぐられ、華々しく火花を散らしている。

部屋の中に入った。

二間つづきのスィート。最初の部屋はリビングになっている。つぎの間が、ツインの寝室だ。

バードは流れるように動いた。表情はない。アンバーの小さな瞳だけが、獲物を求めて鋭く炯《ひか》る。

リビングのテーブルと椅子を電磁メスで両断し、壁をずたずたに灼き裂いた。

人の気配はない。

浴室を覗いてから、寝室に進む。

ベッドにブレードを突き立てた。こちらの部屋も、壁を裂いた。

やはり、誰もいない。

寝室の奥の壁に。

ドアがあった。

隣室に通じているドアだ。この別荘のゲストルームの特徴である。おそらくは非常時に備えて設計したのだろう。部屋をすべてつないでおけば、いざというときにどこからでも脱出できる。プライバシーはなくなるが、そもそも戦闘員には、そのようなものはない。

キーパネルを壊し、ドアをあけた。

となりの部屋のリビングにでた。

ここも、人のひそむ様子はないが、前の部屋と同じことをした。

調度を破壊し、壁を斬る。

念のためだ。

これを飽きず繰り返した。

一列突っきると通路にでて、つぎの列に移った。

五列、百五十余室を、またたく間にバラックに変えた。

ヤクザはひとりもいない。

通路に戻ると、ダンが立っていた。

「予想どおりか？」

バードに訊いた。

「そちらと同じです」

機関士は憮然《ぶぜん》としている。

「だめ。空っぽよ」

ユリもきた。艶やかだった黒髪が、ほこりで真っ白になっている。高周波ナイフで、あらん限りの鬱憤《うっぷん》を晴らしたに違いない。ブーツなどにも、樹脂やプラスチックの破片がこびりついている。

「賭けは外れだ。狙い目は下だったな」

ダンは言った。

「残してなかったら許さねえ」

バードは両腕を振りあげ、拳を硬く握って筋肉をぶるぶると震わせた。

前にでて、通路を横切る。

階段に飛びこんだ。

B2のフロアと違って、ぎらつく不快な輝きをはなっている階段の壁。

バードはユリとダンが追いつくのを待たず、下り階段に歩を踏みだそうとした。

その視野の端に。

壁がひらくのが映った。

ちらとかすめただけだが、バードは見逃さなかった。昇り階段の脇の壁である。階段の入口の真正面にあたる。

そこがひらいた。

継ぎ目のまったくない隠し扉だ。一段奥にひっこんでから、音もなく横にスライドした。

ヤクザは高エネルギー兵器阻害システムが組みこまれているところでのみ、待ち伏せをかける。

バードは体をひねった。

振り向き、電磁メスを眼前に構えた。

影が視界を覆った。

ヤクザだ。

数人のヤクザが、扉の向こう側からあらわれた。

バードは遅れた。相手に背を向けていたぶん、間合いを詰められていた。

高周波ナイフのブレードが、右の二の腕を直撃した。

電流のような痛みがバードの右腕に走り、肘から指先にかけてが、一瞬麻痺した。

拳が緩み、指の間から電磁メスのグリップがこぼれる。

プラズマ・ブレードが消えた。

電磁メスのグリップにはセイフティがついている。グリップを握る力がゼロになると、スイッチは自動的にオフになる。

グリップが乾いた音をたてて、床に落ちた。

「死ねや！」

バードの前に立ちはだかったヤクザが、再度、高周波ナイフを振りかざした。

バードはひるまなかった。

得物はないが、傷は浅く、闘志も萎《な》えていなかった。

反射的に腰を低く落とし、ヤクザに向かってダッシュした。

肩口からヤクザに体当たりする。

ヤクザは吹っ飛んだ。

バードも転がる。

ユリとダンは、ヤクザに不意を衝かれなかった。

バードのすぐあとにつづかなかったのが、かえって幸いした。ヤクザが隠し扉から出現したときは、ふたりとも階段ではなく、まだ通路にいた。

十分な余裕を持って、ふたりは奇襲をかわした。

ヤクザは五人。うちひとりは、バードと組み打ちを演じている。

二対一では、ユリやダンの敵ではない。

決着は数秒でついた。

ふたりとも、簡単にヤクザを斬り伏せた。

身をひるがえし、ユリはバードに加勢しようとする。

バードはヤクザの背後をおさえていた。

床の上で仰向けになり、足を固めて左腕をヤクザの首にうしろから巻きつけている。いわゆる裸絞めという技だ。ヤクザは高周波ナイフを握ったままだが、腕にバードの右腕が差し入れられているので、それを揮うことができない。

バードとユリの目が合った。

「生捕りにしたぜ」バードは言った。

「訊きたいことがあるかい?」

「そうね」

ユリは肩をそびやかした。さすがにクラッシャー。転んでもただでは起きない。

「ボスの居場所だな」バードの言にあきれているユリに替わって、ダンが応じた。

「丁重に尋ねてみてくれ」

「よござんしょ」

ヤクザの首にかかるバードの左腕に力がこもった。

ヤクザの顔が、真っ赤になる。

「聞こえたろ」バードはヤクザの耳もとで囁いた。

「てめえらのボスは、どこにいる？」

「し、知らねえ」

「なんだって？」

首の骨がきしんだ。真っ赤になっていたヤクザの顔が、すうっと青白くなった。

「はっきりと答えてほしいな」

バードの口調は、きわめて穏やかだ。

「下だ。この下」

ヤクザは喉の奥から声を絞りだした。ひどいかすれ声で、言葉というよりも空電のノイズに近い。

「下に制御室がある。みんな、そこにいる」

「ガセじゃねえな」

バードの腕の筋肉が、さらに大きく膨れあがった。

「本当だ。嘘……言わ……」

鈍い音が響いた。

ヤクザの首は、意外にもろかった。

頸椎《けいつい》が砕けた音である。

ヤクザの目から光が失せた。

「ちっ」

バードは巻きつけていた腕を外した。

ヤクザのからだが、くたりと落ちる。

ちょっと買いかぶりすぎていたようだ。

「ご苦労」

ダンが手を差しだした。

それにつかまって、バードは立ちあがった。

「怪我は？」

ユリが訊いた。

「かすり傷だ」

ジャケットが、ブレードのエネルギーのあらかたを吸収した。それでも、袖は十センチほど裂けており、バードの右腕の肉もそれだけえぐられていた。

「やはり下が正解だったな」

つぶやくようにダンが言った。
「行きやしょう、おやっさん」
バードは電磁メスのグリップを拾いあげた。
ヤクザの死体を脇によけ、あらためて階段を下りはじめた。
B3に着いた。
通路にでたところで、ユリが並んだ。
「入口は、どっちかしら」
通路に向かって首を突きだし、ユリは左右に視線を振った。
そのとたんであった。
正面左手の壁が。
爆発した。

## 6

とっさにバードが、ユリをかばった。
ユリの肩を背後からつかみ、床を蹴って右に跳んだ。
うつ伏せになって通路を滑走し、壁際に身を寄せる。ユリのからだを壁に押しつけ、バードはその上にかぶさった。

爆風が通路を吹き抜けた。

炎と瓦礫が混じった、すさまじい熱風。きな臭い匂いが、鼻をつく。ほこりっぽい高温の空気が、肺の中に侵入する。

ふたりは重なったまま、しばらくその場につっ伏した。

「大丈夫か」

バードの背中を誰かが叩く。

おもてをあげると、ダンが覗きこんでいた。

「いてえや」

バードは上体を起こした。肩や背中から、瓦礫がばらばらと落下した。中には、直径十センチくらいのコンクリートの塊らしきものもある。このぶんでは、全身アザだらけに違いない。後頭部には、小さなコブもできている。

「何があったの？」

ユリも起きあがった。

振り返って背後に目をやる。

その目が丸くなった。

真っ白だ。

バードの傍らでひざまずいているダンのうしろから向こうは、何も見えない。まるで深い霧に包まれているかのようである。

「こりゃ、たまらねえ」

バードはてのひらで口と鼻を覆った。喉がざらつく。爆発で生じた粉塵が、白煙となって通路に漂っている。

音が響いた。

硬い音。あまり大きくない。もうもうと渦を巻く白い煙の中からだ。規則的につづく。

これは。

足音だ。

走っている。

影がよぎった。

ぼんやりした灰色の影。ユリが見た。一瞬、見えて、すぐに消えた。その動きのリズムは、足音のそれに合致していた。

幻？　それとも。

ユリはバードに視線を移した。

移して、いまの影を見たかどうか訊こうとした。

と。

その目が、またべつの影を捉えた。

先の影よりも二まわりほど大きな影である。横に長く、もっと色が濃い。そして、スピードも速かった。足音らしきものは伴っていない。

「なんだ、あれは？」

バードが、つぶやいた。その口調で、ユリは知った。かれは前の影を見ていない。

「もういいぞ」

バードとユリに立ちあがるよう、ダンが促した。もういいというのは、あらたな爆発は起きないだろうというダンの判断の表明である。

三人は、壁際に並んで立った。

立って、気がついた。

煙が薄らいできている。

どうやら、粉塵が床に沈んだらしい。腰から上は、けっこう視界がひらけている。

通路の中央に移動して、様子をうかがった。

十メートルほど先だろうか。

壁が崩れ落ちていた。

幅は七、八メートル、上下は床から天井までが、そっくり瓦礫に変わっている。巨大な穴があき、向こう側が丸見えだ。爆発は内側から外側へと抜けたらしい。瓦礫は、大部分が通路のほうに飛び散っている。

「行ってみよう」

ダンが言った。

小走りに駆け寄り、瓦礫の山を越えて三人は、穴の前まで進んだ。

覗きこむと、真正面にスクリーンとコンソールデスクが見えた。かなり、本格的なシステムだ。

しかし、人影はまったくない。

バードが絞めあげたヤクザは、ボスが下の制御室にいる、と言った。

これは、まさしく制御室《コントロール・ルーム》だ。

瞬時、顔を見合わせてから、三人は壁の穴をくぐった。

状況は不明だが、とにかく突っこむしかない。

得物のスイッチをオンにし、思いきって飛びこんだ。

身構え、周囲に素早く視線を走らせる。

ヤクザがいた。

集団で。

左手、すぐのところだ。

全員、背中を向けて一列に並んでいる。

行手を阻んでいるのだ。
誰かの。
阻まれているのが誰かは、じきにわかった。ヤクザの肩越しに、顔が見えた。
ケイとタロス。
「ユリ！」
ケイが三人に気がついた。
「おやっさん」
タロスもダンの姿を認めた。
ヤクザが、いっせいに背後を振り返った。
それと同時である。
バードが電磁メスをかざして、ヤクザの群れに突入した。
果敢なアタックだった。ヤクザは迎え討つ態勢をととのえられない。
いきなり、手近なふたりを血祭りにあげた。
ヤクザの列が、わっと崩れる。
すかさず、ユリとダンも動いた。
距離を詰め、うろたえるヤクザに白刃を浴びせた。
算を乱すヤクザの中に。

　ずんぐりとした褐色の肌の小男がいた。

　男は派手なストライプ柄のスーツを身につけ、貴金属で全身を飾っている。場違いな服装だ。大型のサングラスをかけた丸い顔は無数のあばたで覆われており、鼻はひしゃげて低く、肉の厚い唇は異様なほど横に広い。

　ユリが本人に会うのは、これがはじめてだった。

　しかし、名前だけはよく知っている。

　一度は公邸まで会いにいったが、そのときはもう行方をくらませていた。

　写真よりも間違いなく醜い。

　ユリは、そう思った。

　ノボ・カネーク・ジュニア。

　ドルロイの二代目。

　ついに追いつめた。

「ユリ！」

　ケイが叫んだ。ヤクザは不意を衝かれて陣形を崩したものの、まだ人数ははるかに多い。二、三十人は優にいる。ケイとタロスは包囲されたままだ。

「ジャンニーニを追って！」ヤクザと斬り結びながら、ケイは高い声でつづける。

「壁を爆破して逃げたの。ムギがくっついている」

あっ、とユリは息を呑んだ。

では、あれはやはり錯覚ではなかった。

最初の影がロード・ジャンニーニ。

あとのはムギだ。

ケイとタロスが主制御室に達し、ブレードをジュニアに突きつけたとき、『ルーシファ』の幹部はこのプロジェクトを捨てた。

ツキは自分から離れた。始末できるかもしれないが、とりあえずの勢いはクラッシャーとWWWAにある。ジュニアは不利だ。

それがジャンニーニの判断だった。

根拠はない。勘である。

ジャンニーニは制御室の壁に、爆薬を仕掛けさせておいた。

行きすぎた配慮だと自嘲していたが、結局、使うはめになってしまった。

リモコンで点火し、壁を破って、この窮地を脱した。

ユリは、ためらわなかった。

ケイの言は正しい。

『ルーシファ』の介入を知った以上、ダーティペアの本命はジュニアではなくジャンニーニである。

ジュニアはケイとクラッシャーにまかせておけばよい。

ヤクザとの乱戦から、するりと抜けだした。

きびすを返し、壁の穴から通路にでた。

「バード！」

そのさまを見ていたダンが機関士を呼んだ。ダンは五人のヤクザに取り囲まれている。

「へい」

バードは包囲の外にいた。

「ユリのカバーにまわれ！」チームリーダーは怒鳴った。

「こっちは、俺たちだけで十分だ」

「わかりやした」

飛びかかってきたヤクザの胴を薙ぎ払い、バードは大きくうなずいた。口調でわかる。

これは指示ではない。命令だ。

素早く向きを転じ、壁の穴に向かおうとした。

と、その足が止まった。

振り返って、口をひらいた。

「ジュニアを殺《や》っちゃ、だめですぜ」

恐るべき執念であった。

# 7

ジャンニーニはＢ４に向かっていた。

ムギの残したメッセージで、それがわかった。

通路を疾駆し、階段に戻ったユリは、壁をえぐる三条の深い爪あとに気がついた。

爪あとは、下り階段に沿ってＢ４へと伸びている。

上ではなく、下に逃げたのだ。

脱出用のトンネルでも掘ってあるのだろうか。

ユリは階段を下った。

階段が尽きた。Ｂ４が別荘の最下層であった。

他の階と同じように、通路にでた。

正面に扉があり、あけはなたれていた。ムギがそうしたのだろう。これも、行先を示すメッセージである。

中に入った。

重々しい機械音が、耳をつんざいた。

巨大な羽虫が、うなりをあげて飛んでいるような音だ。

Ｂ４は、これまでのフロアとはまったく異なっていた。

扉の向こうは。

金属製のパネルをつないだキャットウォークだった。

いや、そう呼ぶには広すぎる。

しかし、張りだし階であることは間違いない。

キャットウォークの端まで進んだ。

手すり越しに下を覗いた。

地下は、さらに数十メートルも掘りさげられている。一辺が三百メートルはあろうかという正方形の縦穴。その穴の中央には、超大型の動力炉が据えられている。動力炉は複雑にからみ合うパイプに表面を覆われており、縦穴の底から聳《そび》え立って、ユリのはるか頭上、Ｂ４の天井にまで先端が届いている。これ一基で、ミストポリスの全エネルギーがまかなえそうな動力炉だ。

ユリのいるキャットウォークは、動力炉を完全に取り巻いていた。一周すれば、動力炉をあらゆる角度から眺められる。

「こんなものまでつくっていたのね」

ユリは、ため息をついた。

「すげえな、こいつぁ」

背後で声がした。

振り向くと、バードが立っていた。

「ジャンニーニは、どこだ？」

ユリに訊いた。

「ジャンニーニ」

訊かれても答えられない。

忘れていた。動力炉に圧倒されて。

「がうるるる」

うなり声が聞こえた。

動力炉を背にして、右のほうからだった。

怒りに燃えたムギの咆哮。距離があるらしく、かすかにしか聞こえないが、それでも
空気が震え、腹に響く。

「あっちにいるわ」

ユリは声のした方角を指差した。いい加減だが、確実である。

キャットウォークを移動した。

百メートルほど先だった。

そこに動力炉のコントロール・センターがあった。左側の壁が奥に沈み、その一画が

強化ガラス張りの独立した部屋になっている。

ガラス張りなので、中は丸見えである。

センターの突きあたりに追いつめられているジャンニーニと、低く身構えてうなっているムギのうしろ姿がガラス越しに見えた。

ドアがひらいた。

ムギが、ユリの到着を察知した。

ユリとバードはセンターの中に入った。

ムギに並び、ジャンニーニと対峙《たいじ》した。

ロード・ジャンニーニ。

予想したほど貫禄《かんろく》はない。目が小さく、狡猾《こうかつ》そうな貌《かお》だ。グレイのマント付きスーツを着ている。エアロックのハッチに似た円形の扉の前に立ち、ハンドブラスターを右手に握っている。

「ここまできたか」

かすれた声で、ジャンニーニは言った。

「もうおしまいよ」ユリが半歩、前にでた。

「あぶないおもちゃをしまって、降伏するのね」

センターの壁は、通常のものであった。だが、ここではべつの意味で火器が使用できない。使えば、コンソールを破壊して動力炉の制御を狂わせ、場合によっては炉が暴走しはじめる恐れもある。

「あぶないだと?」しかし、ジャンニーニは平然としていた。

「おまえらではない。俺が撃つのだ。あぶないことなど何もない」

そして、いきなりハンドブラスターのトリガーボタンを押した。

青白い火球が、ほとばしった。

室内を横切り、コンソールの一部を直撃した。

コンソールが爆発する。

炎が噴きだし、破片が飛び散った。

ユリとバードは、床に身を投げだした。

狂っている。

と、思った。

が、そうではなかった。

これは計算された行動だった。

「いまのはダミーだ」ジャンニーニは声をあげて笑った。

「ちょいと仕掛けがしてある。おまえらにはわからんだろうが、俺には区別がつく」

もう一発、撃った。

今度はスクリーンのひとつが爆発した。

火花と砕けたガラスが床に降りそそぐ。ユリとバードは、頭をかかえて伏せつづけるほかはない。動くと爆風を浴びる。

「クァールもじっとさせておけよ」ジャンニーニは言い継いだ。

「そいつを動かせば、俺は本物のコンソールを撃つ。そうしたら、丸ごと全滅だ。おまえらも上にいる連中も助からない」

「あんたもね」

ユリが言った。

「もとより承知だ」

「逃げきれると思ってんの？」

「もちろんさ」

ジャンニーニは、扉の脇のキーパネルにてのひらを合わせた。

扉が、ゆっくりとひらいた。

「おい、黒猫」バードがムギに向かって囁いた。

「俺をぶっ飛ばしてくれ。あの禿頭んとこに」

「みぎゃ？」

「投げるんだ。てめえの馬鹿力で」

「なに言ってんの？」

ユリが訊いた。

「しっ」

バードは、それを制する。

「早くしろ」ムギを促した。

「逃げちまうぞ」

「ぐるる」

ムギは肩の触手を伸ばした。伸ばして、バードの胴に巻きつけた。

「ミスるなよ」

バードは上体を起こした。

間髪を容れずに、ムギは触手を振った。

バードのからだが宙に浮いた。

触手がしなり、弧を描く。

バードが飛んだ。

一直線に。ジャンニーニめざして。

空中で、バードは電磁メスのスイッチをオンにした。

ブレードが前方に伸びる。

ジャンニーニは、扉の向こうに入りこもうとするところだった。

意表を衝かれた。まさか、クァールがバードを放り投げるとは想像だにしていなかった。

決死の特攻である。

バードが迫る。

ジャンニーニは悲鳴をあげた。

あげて、ハンドブラスターを構えた。

バードのブレードがジャンニーニの心臓を貫こうとする、まさにその寸前。

ブラスターの火球が扉のすぐ横のコンソールに命中した。

コンソールが火を噴いた。

爆風が、バードを包む。

電磁メスの切っ先がそれた。

ジャンニーニの肩をかすめ、ブレードはマントを灼き裂いた。

バードは床に落下した。頭から落ちて、転がった。

ジャンニーニは闇に消え、扉を閉じた。

「バード！」

ムギとユリが駆け寄った。

「あつつつつ」

バードは火傷と打ち身で悶絶している。

「しっかりして」

ユリが抱き起こした。

「ジャンニーニは？」

「逃げたわ」

「追ってくれ」

ムギが扉をあけようとした。だが、途中でやめた。あけるのは危険だった。この向こうでは、高熱が渦巻いている。熱源は不明だ。しかし、扉から放射される高レベルの赤外線は感知した。

ついいましがたまで常温だったのが、急に熱くなったのだ。ジャンニーニが、何かしでかしたに違いない。

いったい何を。

考えられるのは。

ロケット・エンジンの噴射炎。

地鳴りがした。

地の底から響くような不気味な音。激しい振動がそれには伴っている。

ユリは耳を澄ました。
この音。聞き覚えがある。
「エンジン音だ」バードが言った。
「野郎。なんか用意してやがったな」
ユリは、このコントロール・センターの位置を脳裏に描いてみた。
別荘は海を望む崖っぷちに建てられていた。
崖の方角は。
正面。
扉の向こうは崖だ。
トンネルを掘ってレールを敷けば、それが、そのまま発射台として使用できる。
「ちくしょう」肩を支えるユリの手を払いのけ、バードは立ちあがった。
「逃がしてたまるか！」
右足を引きずりながら、走りだした。

# 8

バードはムギが背負った。クラッシャーはいやがったが、ムギは有無を言わせなかった。

キャットウォークを駆け抜け、あけはなしになっている扉の前まできた。

そこで、通路から飛びこんできた男と鉢合わせになった。

ストライプ柄の派手なスーツを着た小男だった。サングラスをかけ、肌が浅黒い。右手に高周波ナイフを提げている。

「カネーク！」

男を見て、バードは気色ばんだ。

ムギの背中から降りた。電磁メスのブレードを伸ばした。

バードとムギに進路をふさがれ、カネークは立ちすくんだ。

階段をタロスが駆けおりてきた。

バードの姿を認め、歩調を緩めた。背後には、ケイがつづいている。

「約束は守ったぜ」

バードに向かって、タロスは言った。

「生涯はじめてだな」

バードは薄く笑った。

「ぬかせ」

タロスがカネークに迫る。

「武器を捨てなさい、カネーク」ユリが言った。

「もう、これまでよ」

職業意識から生じた、ユリ本人さえも口にしたことを意外に思った降伏勧告だった。

それが。

皮肉にも、ジュニアに覚悟を決めさせた。

「やかましい」吐き捨てるように、カネークは言った。

「クラッシャー風情に頭が下げられるか。俺はドルロイの二代目だぞ」

高周波ナイフを腰のあたりに構え、前後に視線を走らせた。

キャットウォークに向かい、じりじりと進む。

それを追うように、タロスが間合いを詰める。

カネークの頬がひきつった。ひくひくと上下し、唇が大きく歪んだ。

「てめえらに」カネークは叫んだ。

「てめえらに、何がわかる!」

斬りかかった。

ブレードを振りあげ、バードに向かって突進した。

バードは右に動いた。わずかにまわりこみ、左上から右下へと電磁メスを振りおろした。

切っ先が、ジュニアの肉を灼いた。
「がっ！」
短く呻いて、カネークは舞うように回転する。
くるくるとまわって。
バードに背を向けた。
タロスの真正面。
両腕を広げ、うつろな瞳でタロスを見る。
「あばよ」
タロスはブレードを横に薙いだ。
「！」
びくん、とカネークのからだが伸びあがった。
しばし、その姿勢で静止した。
やがて。
ゆっくりとうしろに倒れていった。
仰向けに、崩れた。
タロスが息を吐いた。
バードはよろめき、片膝をついた。それをムギの触手が支えた。

「終わったな」

ダンがおりてきた。

「ヤクザは？」

首をめぐらし、ケイが訊いた。

「片づいた」

返事は簡潔だった。

「まだよ」ユリが言った。

「まだ終わってないわ。ジャンニーニが逃げたの。たぶんシャトルだわ。崖から発進してるはず」

声が掻き消された。

言葉にサイレンがかぶさった。サイレンは、だしぬけにけたたましく鳴り響いた。

合成ボイスが、それに重なる。

「異常発生。異常発生。動力炉の圧力がイエローゾーンを越えました。退避してくださ い。至急退避してください」

「なんだ、ありゃ？」

タロスが目を丸くした。

「さっきのブラスターだわ」ユリが言った。

「バードを狙ったやつ。あのコンソール、ダミーじゃなかったのよ」

「緊急。緊急」

サイレンの音があわただしくなった。合成ボイスも先ほどより甲高い。

「動力炉の圧力がレッドゾーンに達しました。制御不能です。ただちに退避し、島外に脱出してください。繰り返します」

「やばいな」

タロスが言った。他人事のような口調だった。

「上へ！」

ケイが叫んだ。

タロスの口調で、事態の深刻さを悟ったのだ。これまでの経験でケイは覚えた。本当の危機に遭遇したとき、タロスは必ずこういうしゃべり方をする。

「爆発するわよ、動力炉！」

ケイは、血相を変えている。

そのとおりだった。圧力がレッドゾーンに達した動力炉は、間違いなく爆発する。

四人と一頭は、あわてて階段を駆け昇った。

バードは、またムギが背負った。タロスがからかったが、もうバードには駆け昇る力も、言葉を返す力も残っていない。ムギの背中で、ぐったりとしている。

一階に飛びだし、メインロビーを突っきった。

中庭にでた。

嵐は弱まってはいたが、まだ吹き荒れていた。

灰色の雲が上空を覆い、横なぐりの雨が全身を叩く。

〈マイノス〉は無事だった。

中庭の片隅で、激しい雨に打たれながら、乗員が戻るのをひっそりと待っていた。

ケイとタロスとバードを背負ったムギは空港に、ユリとダンは〈マイノス〉に向かおうとする。

「あっ!」

ケイが声をあげた。

頭上を指差し、何ごとか叫んでいる。

聞こえない。声が風に吹き飛ばされる。

ムギを含む全員は、いっせいにケイの指し示す先を目で追った。

海側のごく近いあたりだ。高度も低い。

見あげると、目に雨が飛びこむ。痛くて、長くあけていられない。

それでも、それを発見した。

小型のシャトルだった。

〈マイノス〉よりもひとまわりだけ大きい程度の細長い機体である。

シャトルは、飛行の自由を失っていた。

エンジンに損傷が見られる。黒い煙の尾を引き、ふらふらと波打つように低空を旋回している。

「あっ！」

今度はユリが声をあげた。

「あっちにも、何かが！」

左手の上空だった。

渦を巻く雲を破って、巨大な影が降下してきた。

白い影。宇宙船である。航空機タイプの外洋型だ。

白は、純粋な白ではなかった。青銀がかって、わずかにくすんでいた。

その色だけで、船名がわかった。

〈アトラス〉である。

空港に駐機させておいたはずの〈アトラス〉が、いつの間にか離陸して嵐の中を飛行している。

クラッシャーもダーティペアも、状況を把握できず、凝然と立ち尽くしている。

呼びだし音が唐突に鳴った。

クラッシャーの左手首に装備されている通信機の呼びだし音だ。

ダンが自分のそれをオンにした。

「うひゃひゃひゃ」

いきなりしわがれた笑い声が飛びだした。

「かましたぞ。ジュニアのシャトルに!」勝ち誇った声だ。

「やっぱり、見せ場は、わしじゃのう」

浮かれて、わめき散らしている。

「残念だったな、じいさん」咆えまくるガンビーノに、タロスが応じた。

「カネークは俺たちが始末した。あれに乗っているのは、『ルーシファ』のジャンニーニだ」

「なあにい」

「ジュニアじゃないんだ。じいさん」

「嘘だろう」

「いや。本当だ」

ダンがだめを押した。

「ちくしょうめ」

ガンビーノは呪いの言葉を吐いた。

ジャンニーニのシャトルが発進する直前であった。

ガンビーノはベッドから脱出した。ベルトを一本、口で外して腕を抜いた。それから、残りのベルトも全部外した。舞台の上でやれば、絶賛間違いなしの離れ技である。

麻酔が効いているから痛みはない。動きがぎくしゃくするものの、行動にも差し支えがなかった。

コクピットに行った。

ドンゴが船体を管理していた。ドンゴはガンビーノに対し、船室に戻るよう勧めたが、ガンビーノは拒否した。逆に武器を渡し、船外にだせと要求した。

押し問答になった。

そのときである。

シャトルが発進したのは。

ガンビーノは、即座にカネークだと直感した。ダンたちに攻撃されて、あわてて脱出したのだと思った。

ガンビーノは、ドンゴに〈アトラス〉の離陸を命じた。

ドンゴは、その命令に逆らえなかった。ダンはガンビーノを船室にとどめおく権限をドンゴに与えていた。しかし、ガンビーノの操船指揮を阻止する権限については、まったく白紙であった。重傷のガンビーノを甘く見ていたのである。

ガンビーノは〈アトラス〉を発進させ、シャトルを追った。

警告を発し、それを無視された時点で、ミサイルによるささやかな攻撃をおこなった。

シャトルはエンジンにダメージを受け、操縦不能に陥った。

バリシア島の上空で、シャトルは大きな螺旋《らせん》を描いている。高度は下がる一方だ。このままではほどなく不時着しなければならない。

「降りたら、逮捕よ」

ユリとケイは手ぐすねひいて、そのときを待っている。

高度五百メートルくらいにまで降下した。

が、安定はそこまでしか保てなかった。

シャトルは突風に巻きこまれた。

激しい乱流。風速は瞬間で百メートルを優に超えている。

機体があおられた。

きりもみ状態になった。

失速し、墜落する。機首が起きない。

急速に地上が迫った。

非常脱出装置が作動した。

ハンドジェットを背負ったジャンニーニが射出された。

しかし。

この猛烈な嵐のただ中である。ある意味ではハンドジェットのほうが危険だった。

ジャンニーニは強風に振りまわされた。

バランスがとれない。

天地が逆になった。

ジャンニーニはあがく。手足を振り、レバーを操作する。だが、体勢はどうしても正常に戻らない。

「だめだ」

タロスがつぶやいた。

そのとおりになった。

ハンドジェットに加速され、ジャンニーニは頭を下に向けたまま、地面に叩きつけられた。

別荘の裏手。林の中である。

わざわざたしかめにいくまでもない。

即死だ。

「ヤクザの末路だな」

ムギの背にまたがっているバードが言った。

「とにかく一件落着だわ」ケイはタロスを見た。

「気はすんだ？」

「苦いぜ」

タロスは、かぶりを振った。

大地が、鳴轟《めいごう》している。

うなり、咆え、身震いしている。

「降りてこい、ガンビーノ」ダンが通信機で呼びかけた。

「島が吹っ飛びそうだ」

「あいよ」

ガンビーノは答えた。

「しかしなあ」言葉をつづけた。

「ドンゴってな、いいロボットだぜ」

# 9

中継ステーションは、ごったがえしていた。

ロビーは人であふれている。そのほとんどは軍人である。

連合宇宙軍が到着したのだ。本格的な救援活動が嵐の終焉《しゅうえん》とともにはじまり、それに伴って〈アトラス〉は地上の宇宙港から追いだされ、ドルロイの衛星軌道をめぐる中継ステーションに移された。

入国審査や大型宇宙船の係留などのために建造された最新鋭のステーションである。設計にあたっては、ドルロイの技術が総動員されており、直方体を複雑に組み合わせた特異な形状をしている。

クラッシャーとダーティペアは、そのステーションのメイン・ユニットに設けられているロビーのキャフェにいた。スタンド式の小粋《こいき》なキャフェだが、人が多すぎるので、椅子もテーブルも取り払われている。だから、どこまでがキャフェで、どこからが通路なのかまったくわからない。何組かの客は、人波に押し流されてやむなく店を去っていく。

「まっすぐ帰らないのか？」

ダンが訊いた。

「まだ後始末が残っているわ」ユリが答えた。

「いったんナイマン島に戻って、クラーケンと会ってから発《た》つことになってるの」

「そうか」

ダンは口をつぐんだ。

　ダンの背後では、ケイがプラコップでハーブティを飲んでいた。ケイの向かいには、タロスがいる。タロスはビールのグラスを手にしている。

「いつか、また会えるわよね」

　ケイがタロスに向かって言う。

「さあな」タロスは肩をすぼめた。

「そんなこたあ、わからねえ」

　人の波が揺らいだ。押されて、タロスが移動した。

　周囲の顔ぶれがいっせいに変わった。もしかして、移動したのはタロスではなく、ケイのほうかもしれなかった。

　ケイの前には、ガンビーノとバードがやってきた。

「なによ、あいつ」

　ケイは、むくれている。空になったプラコップを手近な処理ポッドの中に投げ捨てた。

「タロスかね」

　ガンビーノが訊いた。

「ぶっきらぼうにも、ほどがあるわ」

「覚えておくんだな、お嬢ちゃん」ガンビーノは言った。

「本当にやさしい男ってのは、女を幸せにはできないんだ」

「きどるんじゃねえよ、じいさん」

バードがガンビーノの頭をこづいた。

「馬鹿もん。いつだって正しいのは、年寄りの意見じゃ」

「たわ言って説もあるぜ」

「おまえは失せろ」

まるで、コメディアンのやりとりだった。

ケイは、たまらず吹きだした。

「受けた。受けた」

ガンビーノは、素直に喜んだ。

「ねえ」ケイは老クラッシャーを見た。

「きっとまた会えるわよね。どっかで」

「もちろんだとも」ガンビーノは、大きくうなずいた。

「宇宙は、捜すのには広すぎるが、偶然会えるくらいには、狭いところなんじゃよ」

「いい仕事だったわ。今回は」

ケイはしみじみと言った。

「そろそろ時間だぜ」ダンがユリと一緒に人波を掻き分けてきた。

「ゲートに行くんだ。遅れるなよ」

「わかってまさあ」バードがガンビーノの襟首をつかんだ。「厄介者は手荷物にしてあるんです」

「この罰当たり！」

ガンビーノが真っ赤になった。

またひとしきり、笑い声があがった。

「じゃあね」

ケイが手を振った。

「また、どこかで」

「気いつけてな」

「惑星壊すなよ」

四人の男とふたりの娘は、ひしめく群衆の中で別れを告げた。

クラッシャーはロビーを抜けた。

発着ゲートまでくると、さすがに人の数が減る。

ダンとバードは出国手続きをするため管理事務所に向かった。タロスとガンビーノは自動走路の脇で、それが終わるのを待つことになった。

減ったとはいえ、軍人が陸続と通る。自動走路も定員をオーバーしている。

「きゃっ」

走路から人があふれた。

足を踏みはずし、そのうちのひとりがタロスにぶつかった。

若い娘だった。やはり連合宇宙軍の軍人である。下士官の制服を着ている。帽子が脱げ、長い髪がこぼれた。やわらかくカールした赤毛だった。

「つかまんな」

転びそうになって手すりにしがみついている娘に、タロスは腕を貸した。

「大丈夫？」

自動走路に乗った同僚とおぼしき女性が、振り向いて声をかけている。彼女は仲間の難を目撃しながらも、走路から降りそこなって、ずっと先まで行ってしまっていた。

赤毛の娘は、タロスにつかまって、ようやく体勢を立て直した。帽子は、ガンビーノが拾った。

「ありがとう」

タロスに礼を言い、娘はにっこりと微笑んだ。頬がほんのりと赤い。

「怪我しなかった？」

先ほどの同僚が、逆方向の走路で引き返してきた。

その問いに、娘は答えない。黙ってタロスを見つめている。

「どうしたの？」

同僚は、娘の肩を揺すぶった。

娘は夢から醒《さ》めたようにはっとなり、うしろを振り返った。

「大丈夫よ。この方に助けていただいたの」

娘は言った。

「だったら、急いで」同僚は早口で言った。

「集合時間に遅れたら懲罰なのよ。わかってるでしょ、ケイ」

「ええ」

ケイと呼ばれた娘は、とまどいの表情を浮かべて、小さくうなずいた。それから、タロスに向かって敬礼し、別れがたそうに、きびすを返した。

「待たせたな」

ダンとバードが戻ってきた。

「何かあったのか？」

ガンビーノがにやついているので、バードが訊いた。

「いや」タロスは首を横に振った。

「どうってこたアねえ」

低い声で、ぼそぼそと答えた。

「そうだよ」

ガンビーノが同意した。

四人のクラッシャーは、自動走路に乗った。宇宙船の係留スポットに向かうコースである。こちらのほうは逆方向のそれと違って、ほとんど人の姿がない。がら空きである。職員の居住モジュールを抜け、ステーションの外壁をめぐる透明のチューブに入った。行手に〈アトラス〉が見える。〈アトラス〉は係留スポットにドッキングしており、黒いシルエットになっている。

背景に、青く輝く海洋惑星、ドルロイが控えているからだ。

そして、ドルロイのさらに向こうには。

漆黒の宇宙がある。

燦《きらめ》く星々に彩られた、広大無辺の果てしない空間。

あらたな旅がはじまる。

危機と冒険と栄光に満ちた、めまぐるしい日々。

いうまでもない。

それが、クラッシャーの旅なのだ。

この作品は『ダーティペアの大乱戦』所載の「アクメロイド殺し」と対をなしています。エピソードのもう一面を楽しんでいただくためにも、本作と併せてお読みいただけると幸甚です。

著者

本書は２００３年３月に朝日ソノラマより刊行された作品に加筆・修正したものです。

# クラッシャージョウ・シリーズ／高千穂遙

## 連帯惑星ピザンの危機

連帯惑星で起こった反乱に隠された真相をあばくためにジョウのチームが立ち上がった！

## 撃滅！　宇宙海賊の罠

稀少動物の護送という依頼に、ジョウたちは海賊の襲撃を想定した陽動作戦を展開する。

## 銀河系最後の秘宝

巨万の富を築いた銀河系最大の富豪の秘密をめぐって「最後の秘宝」の争奪がはじまる！

## 暗黒邪神教の洞窟

ある少年の捜索を依頼されたジョウは、謎の組織、暗黒邪神教の本部に単身乗り込むが。

## 銀河帝国への野望

銀河連合首脳会議に出席する連合主席の護衛を依頼されたジョウにあらぬ犯罪の嫌疑が⁉

ハヤカワ文庫

# ダーティペア・シリーズ／高千穂遙

## ダーティペアの大冒険

銀河系最強の美少女二人が巻き起こす大活躍大騒動を描いたビジュアル系スペースオペラ

## ダーティペアの大逆転

鉱業惑星での事件調査のために派遣されたダーティペアがたどりついた意外な真相とは？

## ダーティペアの大乱戦

惑星ドルロイで起こった高級セクソロイド殺しの犯人に迫るダーティペアが見たものは？

## ダーティペアの大脱走

銀河随一のお嬢様学校で奇病発生！　ユリとケイは原因究明のために学園に潜入する。

## ダーティペア　独裁者の遺産

あの、ユリとケイが帰ってきた！　ムギ誕生の秘密にせまる、ルーキー時代のエピソード

## ダーティペア・シリーズ／高千穂遙

### ダーティペアの大復活

ユリとケイが冷凍睡眠から目覚めたら大変なことが。宇宙の危機を救え、ダーティペア！

### ダーティペアの大征服

ヒロイックファンタジーの世界を実現させたテーマパークに、ユリとケイが潜入捜査だ！

### ダーティペアの大帝国

ヒロイックファンタジーの世界に潜入したはずのユリとケイは、一国の王となっていた!?

以下続刊

## 星界の紋章／森岡浩之

### 星界の紋章Ⅰ—帝国の王女—

銀河を支配する種族アーヴの侵略がジントの運命を変えた。新世代スペースオペラ開幕！

### 星界の紋章Ⅱ—ささやかな戦い—

ジントはアーヴ帝国の王女ラフィールと出会う。それは少年と王女の冒険の始まりだった

### 星界の紋章Ⅲ—異郷への帰還—

不時着した惑星から王女を連れて脱出を図るジント。痛快スペースオペラ、堂々の完結！

### 星界の断章Ⅰ

ラフィール誕生にまつわる秘話、スポール幼少時の伝説など、星界の逸話12篇を収録。

### 星界の断章Ⅱ

本篇では語られざるアーヴの歴史の暗部に迫る、書き下ろし「墨守」を含む全12篇収録。

ハヤカワ文庫

## 野尻抱介作品

### アンクスの海賊
無数の彗星が飛び交うアンクス星系を訪れたミリガン運送の三人に、宇宙海賊の罠が迫る

### サリバン家のお引越し
メイの現場責任者としての初仕事は、とある三人家族のコロニーへの引越しだったが……

### タリファの子守歌
ミリガン運送が向かった辺境の惑星タリファには、マージの追憶を揺らす人物がいた……

### アフナスの貴石
ロイドが失踪した！　途方に暮れるマージとメイに残された手がかりは〝生きた宝石〟？

### ベクフットの虜
危険な業務が続くメイを両親が訪ねてくる⁉︎しかも次の目的地は戒厳令下の惑星だった‼︎

ハヤカワ文庫

# 小川一水作品

## 第六大陸1

二〇二五年、御鳥羽総建が受注したのは、工期十年、予算千五百億での月基地建設だった

## 第六大陸2

国際条約の障壁、衛星軌道上の大事故により危機に瀕した計画の命運は……。二部作完結

## 復活の地Ⅰ

惑星帝国レンカを襲った巨大災害。絶望の中帝都復興を目指す青年官僚と王女だったが…

## 復活の地Ⅱ

復興院総裁セイオと摂政スミルの前に、植民地の叛乱と列強諸国の干渉がたちふさがる。

## 復活の地Ⅲ

迫りくる二次災害と国家転覆の大難に、セイオとスミルが下した決断とは？　全三巻完結

ハヤカワ文庫

# 小川一水作品

**老ヴォールの惑星**

ＳＦマガジン読者賞受賞の表題作、星雲賞受賞の「漂った男」など、全四篇収録の作品集

**時砂の王**

時間線を遡行し人類の殲滅を狙う謎の存在。撤退戦の末、男は三世紀の倭国に辿りつく。

**フリーランチの時代**

あっけなさすぎるファーストコンタクトから宇宙開発時代ニートの日常まで、全五篇収録

**天涯の砦**

大事故により真空を漂流するステーション。気密区画の生存者を待つ苛酷な運命とは？

**青い星まで飛んでいけ**

閉塞感を抱く少年少女の冒険から、人類の希望を受け継ぐ宇宙船の旅路まで、全六篇収録

著者略歴　1951年生，法政大学社会学部卒，作家　著書『ダーティペアの大冒険』『連帯惑星ピザンの危機』『ダーティペアの大帝国』『水の迷宮』（以上早川書房刊）他多数

HM=Hayakawa Mystery
SF=Science Fiction
JA=Japanese Author
NV=Novel
NF=Nonfiction
FT=Fantasy

クラッシャージョウ別巻②

# ドルロイの嵐《あらし》

〈JA1117〉


二〇一三年六月　二十　日　印刷
二〇一三年六月二十五日　発行
（定価はカバーに表示してあります）

著者　高《たか》千《ち》穂《ほ》遙《はるか》
発行者　早川　浩
印刷者　矢部真太郎
発行所　株式会社　早川書房
郵便番号　一〇一－〇〇四六
東京都千代田区神田多町二ノ二
電話　〇三－三二五二－三一一一（大代表）
振替　〇〇一六〇－三－四七七九九
http://www.hayakawa-online.co.jp





印刷・三松堂株式会社　製本・株式会社明光社



ISBN978-4-15-031117-9 C0193